JN191880

ドラゴン狂いの
課金テイマーさん
1
リブラプカ
Illustration　エシュアル

ヘスティア
アラ
アスラ

ドラゴン
ゴラ

ヨエム
大城さん

リブラプカ

Illustration　エシュアル

新紀元社

CONTENTS

第一章　Real Different World

幼少期や青春時代、物語の中で当たり前のように一ジャンルとして存在していたＶＲＭＭＯ。

それは仮想現実の世界……つまり人為的に作られた現実のような仮想空間を舞台にするオンラインゲームのことだ。物語の中に登場するＶＲＭＭＯは決まってファンタジーな世界が舞台で、しかも現実と大差ない五感を感じられることになっている。

そんな夢のようなゲームの話に、ゲーマーだけでなくさまざまな大人や子供が魅了されたもんだ。

もちろん俺もその中のひとり。

ただ、当時は据え置き型ゲームの３Ｄグラフィック技術が発達し始めていたくらいだったので、ＶＲ技術なんて遠い未来のことだと俺はそう考えてほとんど諦めていた。しかし、科学技術というものは俺の予想以上の速度で発展を遂げていく。

そして数年前、とうとうＶＲ技術が実用化された。

それはもう驚いたものだ。

なんせＶＲ技術の実用化なんてずっと未来のことだと思っていたからな。

もしかしてＶＲ技術がゲームに使用されるのも近いのではないか？

諦めていた〝ＶＲＭＭＯのゲームをプレイする〟という俺の夢が叶うかもしれない。

そして予想通り、俺が二十七になった頃に実用化されたＶＲ技術はゲームにも使用される。

新しく発売されることになったＶＲゲーム機の発売日、俺は朝から店頭に並び、購入したＶＲゲームを遊びまくった。

しかし、満足は出来なかった。

何故なら発売されたＶＲゲームは、グラフィックなどがかなり作りものじみていたし、五感の再現度が低く、俺が想像していた『まるで現実のような世界』というレベルにはほど遠かったからだ。

それになにより俺はシングルプレイのＶＲゲームではなく、ＶＲＭＭＯがやりたかった。

そんな中、俺が三十のおっさんになった頃に、ようやくアメリカで世界初のＶＲＭＭＯが発表される。

俺は狂喜し、同時に落胆もした。

その世界初のＶＲＭＭＯはサーバーの関係で、アメリカでも一部の地域でしかプレイ出来なかったのだ。だが、その後の情報で、そのＶＲＭＭＯは大したものではなかったらしいことが分かったので落胆は小さかった。

そして一年前。

とうとう完全国産のＶＲＭＭＯＲＰＧ【Real Different World】が開発中であることが発表される。

それと同時に発表されたひとつの映像と情報が世界中を驚愕させた。

その映像……ファンタジーなのに、そこにはまさしく現実があった。

しかも、【Real Different World】、通称ＲＤＷは専用のＶＲ機を開発して、プレイヤーに現実と変わらない五感を感じさせることに成功したらしい。

これに対して世界は「流石は変態の国だ」と称賛したとかなんとか。それは褒めているのか？

間違いなくこれは俺が待ち望んでいたＶＲＭＭＯだ。必ずプレイしてやると意気込み、ワクワクしながら続報を待つ。


――そして、とうとう来た。βテストの開始をするための、βテスターの募集。

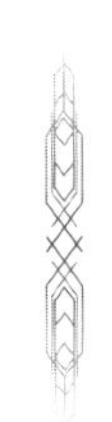

「長かった……」

俺がＶＲＭＭＯを夢見てから何年が経っただろう？

気が付けばもう三十を過ぎたおっさんだ。それでも待ち続けていてよかったと思う。

次々に発表されるＲＤＷの情報は全部チェックした。

ＲＤＷでは、驚くことにゲームの中での時間が四倍で進む。だから夜しかプレイ出来ない社会人と学生との差を埋めるために、従来のＭＭＯのように課金要素もある。特にキャラメイクを理想のものにするならかなりの金が必要らしい。

なので金も貯めた。その額、なんと三百万円。平社員のおっさんにしては頑張ったほうだろう。

そしてもうすぐＲＤＷのβテスト当選者発表の時間だ。

俺はいま、机の前に座り、パソコンの画面の前でメールを待っている。

公式サイトによると、βテスト当選者への通知は、明日の零時ピッタリに登録したメールアドレスに送られるらしい。画面の時刻を見る。

――23:55
あと五分。

あと五分で決まる。心臓がバクバクする。

βテストの当選者になれば、それはもう最高にいい気分だろう。

だが、仮にだ。万が一落選してしまったら俺はどうなってしまうんだ。

額から汗が流れ落ちるのが分かった。

「いや、当選する。俺はβテストに当選するんだ！」

自分に言い聞かせる。

23:56……23:57
じっと画面を見て待つ。

23:58
23:59
そして――

00:00

俺は即座に画面のメール更新ボタンをクリック。更新される画面。
そこには——

「……ない」

嘘だ。もう一度更新する。

嘘だ嘘だ。さらに更新する。

しかし、無情にも画面に新しいメールはない。

「……嘘だぁぁぁぁぁぁぁぁぁ!!」

俺は大量の涙を流しながら魂の赴くまま叫んだ。

ドンドンッ!

隣人の壁ドンだ。

いつもはその壁ドンに怯えるが、今は知ったことではない。

「なぜだあああああああああ!!」

ドンドンドンドンッ!

壁ドンが激しくなるが、俺の叫びも激しくなる。

そこで再び更新ボタンを押す。俺としては最後の力だった。

ピコン!

「え？」

パソコンの画面には新規メール。

すぐさま開く。

From：Gamazon.co.jp
Subject：スーパーマンデー
スーパーマンデーセール開催中。
注目セールが続々。

それは当選者発表のメールではなく、大手通販サイトからのメールだった。

「クソがぁぁぁぁぁぁぁぁぁぁぁぁ!!」

叫びながら俺はとうとう椅子から転げ落ちた。

ピンポンピンポンピンポンピンポン!!

隣人もどうやら我慢が出来なかったようで、とうとう俺の部屋のインターホンを連打しだした。

しかし、そんなことはどうでもいい。

あまりのショックに俺は床に転がりながらなにも考えられなかった。そして、そのまま意識が遠くなっていく――

ピンポンピンポン！

俺は……。

インターホンの鳴る音で目が覚める。どうやら気を失っていたらしい。

「ああああ」

いまだ失意のまま立ち上がって、なんとなくパソコンを見る。

00：32
三十分も気を失っていたのか……てか、まだインターホン鳴らしてるんだな。いまの俺なら隣人に罵倒されてもなにも感じなさそうだ。

なんとなく玄関に向かう。そのまま扉を開けた。

「おい！　一体今何時だと思って……る」

外には怒り顔の隣人さんが立っていた。すぐに怒鳴ってきたが、俺の顔を見て言葉を止めた。何故か困惑した顔をしている。……ん？

「どうしました……」

「いや……あんたこそどうしたんだよ？　顔が真っ赤だし、涙と鼻水でぐちゃぐちゃだぞ」

あぁ。

それで隣人さんは困惑していたのか。いまの俺はそうとう情けない顔をしていることだろう。

「……ちょっと来い」

そう言って隣人さんは俺の腕を掴んで引っ張った。

「え……」

そのまま隣人さんの部屋に連れていかれ――


「俺は頑張ったんですよー」

「そうかそうか」

「仕事は大変だし」

「そうだな」

「あ、そうだ。いつもうるさくして、すみません」

「いや、俺も気が立ってたからな」

隣人さん……藤(ふじ)さんと朝まで酒を飲み明かした。

話してみると藤さんは少し強面(こわもて)で言葉は荒いがとてもいい人だった。もっと早く話せば良かったな。

藤さんに話したお陰で少しスッキリしたけど、まだ気が滅入っている。本当は会社なんて行きたくないが、休む訳にもいかないので、シャワーを浴びてからスーツを着て家を出た。

「俺、ＲＤＷのβテスト当選したぜ」

「マジ？　いいなぁ」

通勤中の電車の中で、制服を着た男子学生ふたりがそう話している。

余計に気が滅入った。

羨ましい。譲ってくれないかなー。まぁ無理だろうな。

そもそもRDWは登録制で権利が譲れないし、もし譲れたとしても譲らないだろう。俺だったら譲らないし。

そこで気が付いた。周囲のサラリーマンや学生がみんな男子学生を羨ましそうに見ている。みんな考えることは同じか。

そんなことを思いながら会社に着くと、すぐに同僚の山本が寄って来る。

「どうしたんだ、お前？　目が腫れてるぞ」

「いや、いろいろな」

山本に心配されつつ仕事をする。しかし、あまり集中できず頻繁にミスをしてしまう。

「今日はどうした？　大丈夫か？」

「……すまん」

再び山本に心配されてしまう。

この比較的ブラックな会社の中で唯一話せる山本に悪いと思いながらも、やっぱりしばらくはダメそうだと思った。それだけ俺の中で当選できなかったショックが大きかった。

「ああもう。お前、今日は早退しろ」

そんな俺を見かねたのか、山本がそう言ってきた。

「いやでも」

「いいから家に帰って休め。課長には俺が言っておく」

「すまん、ありがとう」

「今度なにか奢れよ」

「ああ」

結局、いても邪魔だと思ったので、山本の言う通りに会社を早退することにした。しかし、そのまま帰る気にもなれず、俺は駅前を適当にぶらつく。

「はぁー。どうしよ」

思えばこの一年間はずっとＲＤＷのために頑張っていたようなものだ。そのために金も貯めたしな。

「ああそうか。金があったな……どうしようか」

ＲＤＷのために貯めた金。でも、今は使ってしまいたい気分だ。

「そうだ。パーッとなにかに使うか！」

そうすれば今のこの気持ちもスッキリするかもしれない。本当はＲＤＷの正式サービスに向けて貯金しておけばいいんだろうけど、そんな気にはなれない。

正式サービスも参加出来ないかもしれないしな。

「そうと決まったらなにに使おうか？」

いまさらなにか新しくやりたいことなんてないし。

趣味……はゲームだが、いまは好きなゲームもハマっているゲームもない。

好きなもの……俺はドラゴンが大好きだ。

だが、ドラゴンが好きだからって、どう金を使うんだよ。フィギュアでも買うか？

「うーん」

なんとなく周囲を見回す。すると、ゲームセンターが目に入った。

「入ってみるか」

ゲームセンターに入った途端にさまざまなゲームの音が聞こえる。ここの店には初めて入ったけど、入り口付近はクレーンゲームエリアみたいだ。

とりあえず両替機で二千円を百円玉に両替してから、なにかいいものがないかと見て回る。

「おっ」

なにかのゲーム――おそらくソシャゲに出てくるドラゴンのフィギュアが景品になっている、シンプルなクレーンゲームを見つけた。とりあえず一回分の二百円を投下。

フィギュアの入った箱の上の輪っかにアームを引っ掛ける。しかし、箱は少し動くだけでアームが外れてしまう。

「駄目か」

次は何処にアームを引っ掛けよう？

もう俺はこのフィギュアを取る気でいた。

考えを巡らせているうちに、箱の縁にアームを引っ掛けたり押したりするのがいいとテレビ番組で言っていたのを思い出す。

「やってみるか」

どうせ一回では取れないと思ったので三回分の五百円玉を機械に投下。

まずは箱の縁に引っ掛けようとアームを動かす。しかし、目測を誤りアームを外してしまう。

「ああ！」

もう一度アームを動かす。今度は慎重に動かして機械を正面からだけでなく、横からも見た。

アームが降りていき――箱の縁に少し引っ掛かるが外れる。

「うーん」

三回分のラストは箱の縁をアームで押してみることにする。再びアームが箱に降りていき――片方のアームが突き刺さった。

「え？」

そしてもう片方が箱の縁に引っ掛かる。

「え？　え？」

そのままアームと共に箱が浮き上がり、運ばれて――

ガコンッ
穴に落ちた。

「マジか？」

機械の景品口を開けてみると、中にはフィギュアの箱があった。

それを手に取り見つめる。間違いなく俺が取ったやつだ。

「……よっしゃあ！」

ついガッツポーズ。俺の心に達成感と少しの満足感が生まれた。

だが、しばらくして冷静になる。

「なんか違うなぁ」

確かにクレーンゲームで少しはスッキリしたが、俺の思っていたのとなにか違う。というか、これじゃ三百万円も使えねえよ。

結局、俺は取ったフィギュアをクレーンゲーム横にあった袋に入れてゲームセンターを出た。

「どうしようかなぁ。なにかないかなー」

再び駅前に来た俺は周囲を見回す。すると、いくつかの宝くじ売り場が視界に入る。

「宝くじ……一攫千金……いいな」

一攫千金。

人間なら誰でも一度は夢見ることだ。やってみるか？

「運がどん底な俺が買ったらどうなんだろ？　もしかしたらマイナスとマイナスでプラスになったりして」

よしっ、買おう。

そう決めた俺はすぐに銀行に行って三百万円を下ろし、大金が当たるいくつかの宝くじを買いまくった。

さらにそれでもまだ金が随分と余ったので、いつか株をやろうと思って開設していた口座に金を入れ、百株ずつ売っている一株五円の名前もなにも知らない会社の株を大量に買い漁った。

「これで俺は億万長者だな」

口ではそんなこと言いつつも、買った宝くじや株が大金になるなんてあり得ないと思っている。

だが、何故か心はスッキリしていた。

それから約半年の時が流れた。

「どうしてこうなった」

俺の前にはいくつかの通帳。そこに書かれている残高の合計は数十億円になる。

始まりは、俺がβテストのことを吹っ切って仕事をしている時だった。

俺が宝くじを大量に買ったことを知っていた同僚の山本が「今日が宝くじの当選日だったな」と言ってきた。そこで自分が大量の宝くじを購入していたことを思い出した。

当たるとは思っていないから、完全に忘れていたのだ。

家に帰り、酒を飲みスルメを咥えつつ当選番号を確認する。

──当たっていた。

一等六億円。

思わず俺は咥えていたスルメを落とした。

しかも､その一枚だけではなかった。他のクジもいくつか当たっていて──総額九億七千二百三十万円。

数日後、銀行で実際に当選金を貰うまで信じられなかった。

さらに他の宝くじも続々と当選していく。

俺は夢だと思い、壁に頭を打ちつけて藤さんに怒られた。

そこでまさかと思いつつ、あの名前の知らない会社を思い出しながらネットで調べてみると、なんとか装置というのを発明したとかいうニュース記事を見つけた。

そういえば、朝のニュースでこの会社の名前を聞いて、何処かで聞いたことがあると思っていたが……。

まさか俺が買った一株五円の会社だとは思わなかった。

さらにさらに、その会社の株が連日のストップ高で値幅制限の拡大もしていて、一株一万円を超えている。

俺は呆然としつつも持ち株の半分を売った。

そうしていまに至る。

……怖えぇ。

なにこの幸運。ステータスの運極振りかよ！

いや、極振りでもこうはならないだろ。てか、運極振りならなんでＲＤＷのβテスト外れたんだよ！

「やべー。この金どうしよう」

これ一生遊んで暮らせるよな。なにかに使うか？

とりあえず通帳を仕舞ってからパソコンを起動する。なにかに金を使えないかネットで探そう。

プルルルル。

「またか」

受話器を取る。

『もしもし、こちらは速水商事の』

「違います」

即座に電話を切った。

金が入ってからというもの、知らない相手からの電話がヤバイくらいかかってくる。なので即座に間違い電話だと伝えて切る。これが一番だ。

前にキチンと対応したことがあったのだが、要約すると金を寄越せという内容だった。

気を取り直してパソコンの前の椅子に座る。

「ん？」

新規メールが通知されている。

メールの送り主は……ゼーネロウ社⁉　ゼーネロウ社はＲＤＷの運営開発会社だ！

「まさか！　まさかなのか！」

震える手でメールを開く。

Subject：Real Different World について
この度、Real Different World の正式サービス日が決定致しました。
それに伴い専用のＶＲゲーム機の発売――

「マジか⁉」

俺はすぐさま公式サイトとＳＮＳを開いてこれが真実なのかを確かめる。

公式サイトのトップには正式サービス決定とあるし、ＳＮＳはＲＤＷの話題で一色だ。トレンドにもＲＤＷの文字がある。

「決まったな……金の使い道」

ＲＤＷにこの金をつぎ込んでやる！

待ってろよ、正式サービス！　いくらかかっても専用のＶＲゲーム機を手に入れてやる。

「そうと決まれば」

まずは情報収集だな。βテストに外れてからＲＤＷの情報は集めてなかったし。

「よーしっ！　ん？」

そこで俺のくたびれたベッドが目に入る。

「金もあるしベッドを買い換えるか……いや、待てよ？」

金はいくらでもあるんだよな。それならベッドと言わずにすべてを……ゲームを全力でプレイ出来る環境に変えれば……。

「最高じゃん。てか、よく考えたらもう働く必要もないじゃん」

そこからは早かった。

すぐに会社の上司に辞表を叩きつけて、同僚の山本に三百万円の腕時計をプレゼントする。山本には急に仕事を辞めることを心配されたが、俺は笑って大丈夫だと答えた。

次に俺のコレクション以外のものを処分して、都内の月額家賃百万円超えの高級マンションに引っ越す。

家具とかネット回線とかはマンションのコンシェルジュさんに任せた。

すげーよな、全部やってくれんだもん。しかも、金は後払いでもいいっていうし。

ただ、ベッドは自分で選んだ。ＶＲ用の千二百万円のやつを買った。これは寝ていても筋力の衰えを抑えたりとかいろいろな機能があるやつだ。

そういえば、俺の住むフロア担当のコンシェルジュさん——大城（おおしろ）さんは不思議な人だったな。綺麗な黒髪のキリッとした美人さんなんだけど、初めて俺と顔を合わせたとき、何故か俺の顔を凝視してその場で固まっていた。

そのときは俺自身がなにか変なのかと思って少し慌ててしまったのだが、大城さんがすぐに謝ってきたのでそれで終わり。

結局あれはなんだったんだろう？　……まぁいまさら考えても分からないか。

それで引っ越しも終わった後、仲良くなった藤さんを訪ねて、高級酒をプレゼントした。なのに藤さんはこの酒は俺と飲むと言ってすぐに開けた。……俺は少し泣いた。


次の日からＲＤＷの情報収集を本格的に始める。

まずは一番大事な正式サービス開始日と専用ＶＲゲーム機の情報だ。公式サイトによると正式サービスの開始は二ケ月後の八月一日から。そして専用ＶＲゲーム機はゼーネロウ社の公式通販サイトでのみ販売される。

ただし、通常の販売ではなく、βテストのときのように登録した人間の中から抽選で選ばれた者だけが買えるらしい。

それを知った俺はすぐにゼーネロウ社の公式通販サイトに飛んでログインし、登録ボタンをポチッた。今度こそ当たれよ！

このことについてＳＮＳでは喜びの声と悲しみの声が混ざり合っていた。喜びの声は主にＲＤＷの専用ＶＲゲーム機の値段の安さと、通販サイトに張り付いて購入合戦をしなくていい、夏休みだから最高、といったものだ。

専用ＶＲゲーム機の値段は税込一万八百円。ちなみにいま販売されている主流のＶＲゲーム機が三万五千円くらい。

いくらＲＤＷ専用といってもＶＲゲーム機としてはかなりの安さだ。しかも、これで性能が段違いというのだから驚きだ。

あと、βテストに参加した人は抽選なしで買えるらしい。くそっ、羨ましい。

そして悲しみの声は、夏休みなんてねえよという社会人と、転売キツイという転売屋のものだ。

登録制の抽選販売ということで、たった一台でも専用ＶＲゲーム機を手に入れるのが難しい上に、買った人間にしか専用ＶＲゲーム機は起動出来ないので転売が厳しいようだ。まぁ、絶対に無理ではないらしいが。

そして次に、βテストの内容も含めたＲＤＷの情報を集める。

数日後、俺は集めたＲＤＷの情報を整理することにした。

まずプレイヤーは【シュツル王国】と【エルガオム帝国】というふたつの国のどちらかを選ぶらしい。

そして選んだ国の首都からゲームが始まるとか。ＳＮＳではシュツル王国の方が今のところ人気があるようだ。

次にキャラクターメイクについてだが、事前の情報の通りにかなりの課金要素があるらしい。ていうか、予想以上に課金出来るようだ。

俺が集めた情報では、βテストで五万課金した者や十万課金した者、中には百万近く課金した猛者もいるとか。

なんでも、βテストではキャラクターメイクのランダム要素は、金を使って何度もやり直せたらしく、自分の理想のキャラクターにするまで多額の金が必要なんだとさ。

まぁ俺は全力で楽しむって決めたから百万でも一千万でも一億でも金をかけるがな！

あとは選べる種族や職業だが、βテストで確認されただけでもいろいろあるらしい。その中で俺はテイマーやサマナーといったモンスター使役系の職業に目を付けた。

何故なら俺はドラゴンが大好きだから。だからＲＤＷで出来るならばドラゴンを仲間にしたい。という訳で俺はモンスター使役系の職業を目指す。

モンスター使役系の職業はモンスターを一体ランダムで貰えて、しかもそのモンスターに関して課金ありというのも決め手だった。

それでゲーム内の話だが、ＲＤＷの世界に降り立ったプレイヤーは、前情報通りの、現実と変わらない五感にみんな驚いたらしい。

街もまるで外国に行ったような感じで下手な作りもの感がなく、今までのＶＲゲームがゴミに感じるほどだったとか。

ＮＰＣたちは、それぞれが独自のＡＩを持っており、本当に生きているようで、頭の上のマーカーがなければ判別出来ないとかなんとか。早くプレイしてぇ。

そしてＲＤＷはＭＭＯＲＰＧでは珍しく、ＨＰとＭＰ以外のステータスがマスクデータ――隠されたステータスとなっていて、プレイヤーには確認出来ないらしい。

公式サイトによると、ステータスはレベルアップまでにそのプレイヤーがした行動によって上がる数値が変わるので、プレイヤーには公開しないいんだってさ。

それにＲＤＷにはインベントリ――いわゆるアイテムボックスが存在しない。これには俺も驚いた。

その代わりプレイヤーにはひとつずつマジックバッグが与えられる。マジックバッグは空間魔法が付与されたバッグで、大きさとかある程度関係なく収納出来るもの。容量はアイテム四十個だそうだ。

オンラインゲームなのに珍しいよな。だから、βテスターは最後のほうで物の持ち運びに苦労したようだ。

そういえば、ＲＤＷはＰＫ――つまりプレイヤーキルが出来るゲームだけど、ＳＮＳの情報だと今のところＰＫの旨味はないらしい。

ＰＫしてプレイヤーからマジックバッグを奪っても、与えられたマジックバッグは持ち主にしか使用出来ないらしいし、街中でＰＫをすればＮＰＣに嫌われて、下手したら指名手配されるんだと。

なのでＰＫは完全な嫌がらせにしかならないそうだ。そこまでしてＰＫはしたくないよなぁ。

あと分かったのは、βテストではβテスターのトッププレイヤーが四十後半のレベルまで到達したとか、ＲＤＷではスキルが貴重で簡単には手に入らないとかかなー。

「それにしても情報を整理しているとますますＲＤＷをプレイしたくなるな。早くプレイしたいなぁ」

俺は座っている椅子の背もたれに寄りかかる。

早く当選者発表日にならないかなぁ。

仕事を辞めて、毎日部屋でダラダラとＲＤＷ専用ＶＲゲーム機の当選者発表を待ちながらネットで情報を集めて過ごす日々。

そんなある日、大城さんが設置してくれた高価なソファーに座りながら、大城さんが用意してくれた夕食を食べていると、リビングの壁に掛けられた大きなテレビが目に入る。

そのテレビも大城さんが買って設置したものでとにかく大きい。何インチなのかとか、どこのメーカーだとかは一切知らない。

「そういえば、ここに引っ越してきてから一度もテレビを見てないな」

いまはＲＤＷのことに熱中しているが、前はよくテレビを見ていた。暇だったってこともあるが、部屋でテレビがついていると、なんだかひとりでもあまり寂しく感じなかったからだ。いまは何故だか寂しさは感じない。

そんな訳で引っ越してからテレビを一度もつけていなかった。

「……ご飯を食べているときくらいテレビを見るか」

そう思った俺はテーブルの上にあったリモコンの電源ボタンを押した。

とりあえず、以前よく見ていた民放のチャンネルに変えてみると、ちょうど十九時の番組が始まるところだった。

『ゲーム情報局！』

「お！【ゲーム情報局】か」

ゲーム情報局とは、いまどきゴールデンタイムで放送されるのが珍しくないゲーム番組の中でもトップクラスの人気を誇る、一時間のゲーム番組だ。話題のゲームを紹介したり、タレントがゲームをプレイしながら攻略法を編み出したりと、番組内容はさまざま。

「久々に見るな。今日はなんのゲームをするんだ？」

少しワクワクしていると、早速番組のナレーションが始まる。

『今宵限り、衝撃の新企画始動！　この番組の視聴者ならもちろん御存じであろう——あのβテスト中の超話題ＶＲＭＭＯＲＰＧゲーム【Real Different World】と人気アイドル【夢見きらり】こと、きらりんのコラボ企画！　題して【きらりんのＲＤＷ体験記】。きらりんにはβテスト中のＲＤＷの世界を自由に体験してもらいます』

「ま、マジかよ⁉」

衝撃の内容につい声を上げてしまう。だって、仕方がないだろう。ＲＤＷの内容をテレビで放送するなんて思わなかったのだから。

何故ならRDWはまだβテストの最中なのだ。通常βテストの内容をテレビで放送するなんてあり得ないことだし、RDWの運営が許しはしないだろう。

でも、放送するってことはRDWの運営が許可したってことなんだろうし……。

「よく許可が出たよなぁ。それにきらりんか」

夢見きらり――通称きらりんは、大のゲーム好きとして売り出し中の人気アイドルで、一年前くらいに起きたあることがきっかけで人気に火がついた、歌ってゲームするアイドルだ。

ただ、きらりんは歌は上手いのだが、ゲームのほうは……正直下手である。それに一年前の、あることが俺の脳裏を過ぎる。

それはいまでも伝説となっており、某動画投稿サイトでミリオンを達成するほどの再生数を誇る。

しかし、あれは完全な悲劇であり奇跡だった。

当時トップクラスの売り上げを誇っていたソーシャルゲームの公式生放送に出演したきらりんは、その生放送で自らの腕を披露した。したのだが彼女は下手だった。

だがそれは問題ではない。問題はその後に起きた。

なんときらりんはその直後の新作十連ガチャで、すべて最高レアリティであるSSRを引き当てるという、あり得ない奇跡を起こしたのだ。

これには運営側も視聴者も驚愕し困惑した。すぐに画面は切り替わって調整中となり五分後に再開したのだが、またも問題が起きる。

今度はゲーム画面を操作したきらりんが、なにをどうしたらそうなるのか分からないが、デバックモードのような裏の画面に入り、なおかつ決して表に出してはいけない画面を生放送で放送してしまったのだ。

その画面にはガチャの真の排出率が書いてあり、その排出率はユーザーに知らされているものよりも遥かに低かった。もちろんそのソーシャルゲームは炎上し、数ケ月後にサービス停止となった。

しかし、視聴者たちは思った。あの低い排出率で、すべて最高レアリティを引き当てたきらりんは一体何者なんだ……と。

これが後に【きらりんの奇跡】と呼ばれる出来事。その後も彼女は新作ゲームの生放送などでたびたび奇跡を起こす。ちなみにそんなこともあって、きらりんのキャッチコピーは【奇跡を起こすアイドル】に変更されている。

だから今回の企画で、ＲＤＷがサービス停止になるようなことにならないか、俺は少し心配だった。

『まずはキャラクターメイキングです！　と言いたいところですが、キャラクターメイキングは運営さんから放送を禁止されているので、きらりんが街に降り立ったところからです』

俺がそうやって心配している間にも番組は進み、きらりんのアバターが街に出現する。髪がオレンジ色をしているところ以外は、現実とほとんど変わらない見た目のアバターだ。

『私はいま、シュツル王国の首都にいます！』

どうやらきらりんはシュツル王国を選んだようだ。

「やっぱりリアルだな」

画面で見ているだけだが、アバターや街の建物や風景は本当にリアルに出来ている。これを自分の目で実際に見たらどう感じるんだろう？

そう思うと、早く自分でＲＤＷをプレイしたくなる。

『ふふふ、みなさん！　なんと今回、私は自分にピッタリな職業を一発で引き当てましたよ！　その名も【アイドル】！　どうです？　ピッタリでしょ？』

カメラに向かってきらりんはポーズをしながらそう言った。今回もきらりんはその豪運で奇跡を起こしたらしい。

「はぁ……」

そこで俺はテレビの電源を切った。

これ以上は実際に自分でプレイして見たいからだ。

まぁ当選者発表もまだなんだけどな。

その後も毎日のご飯の用意とか部屋の掃除を大城さんに任せて、俺はＲＤＷの情報収集をしてダラダラと過ごした。

そうこうしていると、すぐに日々が過ぎ――

「とうとう来たか。この日が」

ＲＤＷの専用ＶＲゲーム機抽選の当選者発表日の前日になっていた。当選者発表はβテストのときと同じで夜中の00：00だ。

俺は大城さんが選んだ高級感漂う真新しい椅子に座り、これまた高級感漂う机の上にあるパソコンの電源を入れた。

数秒で起動するパソコン。

画面には現時刻。

「二十三時一分……あと五十九分だ」

まだ時間はある。俺はＳＮＳを開いて情報収集のために作成したアカウントでログインする。

「やってるなー」

ＳＮＳでは早速ＲＤＷがトレンドのトップに上がっていて、多くの人間が俺と同じように当選者発表を待っているようだ。

『待機中』『当たってくれ』『金ならある』といった投稿――呟きがいくつも流れていく。

「俺も呟いてみるか」

俺もいちおうこのお祭りに参加しようと、まだひとつも呟いてないアカウントで呟くことにした。

『当たれーーー！！

＃ＲＤＷ』

「よしっ」

ちゃんとハッシュタグも付けたぞ。

そうして時間を潰していると、あっという間に二十三時五十分になった。

「ふぅ～～」

息を吐いてメール画面を開く。当たり前だがメールはまだ来てない。

俺は画面をじっと見て待つ。

23：51

23：52

時間が進む度に体に力が入る。

俺が力んでも意味はないんだけどな。

23：53

23：54

23：55

βテストのときのように心臓がバクバクとする。

自分の強い鼓動を感じる。

23：58

メールの更新ボタンにマウスを動かす。

額から汗が浮かび流れ落ちた。
今はタオルで拭いている余裕はない。
23：59
あと一分。
そして――

――00：00

「ッ！」

即座にメールの更新ボタンをクリック！　メールは⁉

……ピコン！

「来た」

送り主、件名を見ずに新規メールを開く。

内容は――

Subject：Real Different World 抽選について
このメールは Real Different World の専用ＶＲゲーム機の当選者様に送られています。
たくさんの――

「ッツ⁉」

これは……間違いない。

間違いないぞ！

間違いなく当選者通知だ‼

「いいよぉっしゃぁぁぁぁぁぁぁ‼」

俺は椅子から立ち上がって両手を天に突き上げて思いっきり叫んだ。

「フゥーー‼」

このフロアには俺しか住んでいないので誰にも迷惑はかけない。心の思うがままに叫ぶ。

「あ、そうだ」

叫びまくった俺は他の人間の反応が気になったので椅子に座り直してパソコンの画面をＳＮＳに切り替える。

『キターーーーー』『当たったぜ！』『よかった』『よゆう』『いやーーーーーー』『クソアンドクソ』『死ゾ』『誰か売ってくれ』

ＳＮＳには、当選者の喜びの声と落選者の悲しみの声が、大量に呟かれて流れ続けていた。

『当たりました
＃ＲＤＷ』

とりあえず俺も呟いてみる。すると、数人の知らない人から〝いいね〟された。それが微妙に嬉しい。

その後、俺はメールに載っていたＵＲＬから専用ページに飛んでクレジットカードで決済した。

送料別だけど本当に一万八百円だった。安いよな。


それから数日後にＲＤＷ専用ＶＲゲーム機が家に届く。

箱から出してみると、黒と青のイカしたデザインの機械が入っていた。

「カッコイイな。それに思っていたよりは小さい」

これなら置き場には困らないだろう。

取り扱い説明書を読みながらＶＲゲーム機をインターネットに接続し、セットする。意外にも簡単にセット出来た。

「楽しみだなぁ」

俺はＶＲゲーム機を見てニヤケながらＲＤＷの正式サービスを待った。

そして、とうとうＲＤＷの正式サービス開始日である八月一日がやってきた。

「ついにきたな」

正式サービス開始は昼の十二時からだ。

俺はおっさんなのに、まるで貰ったプレゼントを開ける少年のようにワクワクしていた。朝から気分が盛り上がって仕方がない。

ＳＮＳも今までにないほどの盛り上がりを見せている。

ふたつの国のどっちにしようとか、種族や職業はなんにするとか、この名前は俺が使うからお前ら使うなよとか、いろいろ好き勝手に呟かれている。

「みんな楽しみなんだなー。早く始まらないかな」

現在、時刻は十一時三十分。

気が付けば正式サービス開始までもうあと三十分になっていた。

「そろそろベッドに行こう」

付けていたパソコンの電源を落として椅子から立ち上がり、寝室に向かう。寝室にはＶＲ用のベッドとＶＲゲーム機しかない。

ベッドの電源を入れてから寝転がってＶＲゲーム機の端末を頭に装着する。

「よしっ。あとは待つのみ」

俺は持ってきていたスマートフォンで時間をこまめにチェックしながら待つ。

そして――

11：59
あと一分。
端末のスイッチを入れる。端末が僅かに光る。あとは音声入力でキーワードを言えば大丈夫だ。
12：00
きた！　時間だ。

「ＲＤＷ、ログイン開始！」

即座にログインキーワードを告げると俺の意識が薄れていく。
待ってろよ、ＲＤＷ。
それにドラゴ――

第二章　運命の選択

「……うん？　ここは？」

気が付くと俺は何処までも続く青空にふわふわと浮いていた。下を見ても地面はない。どうやら無事、ＲＤＷにログイン出来たようだ。

まずはキャラクターメイキング、略してキャラクターメイクだな。あれ……キャラメイクだっけ？

まぁ、どっちでもいいや。

『ログインありがとうございます』

すると目の前の空間に文字が浮かび上がり、何処からか声が聞こえてきた。

『私は皆様をご案内致します、案内ＡＩです。よろしくお願いします』

「よろしくお願いします」

この文字と音声は案内ＡＩらしい。機械音声とは思えない自然な声につい挨拶を返してしまった。

流石(さすが)はＲＤＷのＡＩ。

『これからキャラクターメイキングを開始します』

俺が案内ＡＩに感心している間にも、案内ＡＩはさっさと次に進む。キャラクターメイキングが始まるようだ。

俺はこれからのことを考えると楽しみで仕方がなかった。

『最初にプレイヤー名を決めてください。既にゲーム内に存在しているプレイヤー名は使用出来ません』

つまりＲＤＷではプレイヤー名は重複出来ないってことだ。

いちおう、前もっていろいろと考えてはある。ただ、迷ってるんだよなぁ。

シンプルな名前にするか、それともＭＭＯとかネット特有の個性的な名前にするか。

……うーん。

少し考えて結論を出す。

よし、やっぱり俺の大好きなドラゴンにしよう。

シンプルだから重複している可能性もあるし、名前がドラゴンってのもおっさんとしては少し恥ずかしいけど、この際だからトコトン好きにやろう。

「名前は【ドラゴン】でお願いします」

『プレイヤー名【ドラゴン】。重複チェック……問題ありません。プレイヤー名をドラゴンにしますか？』

よしっ！　重複はなし。決定だ。

「お願いします！」

『プレイヤー名をドラゴンに決定しました』

よっしゃあ！

まずは名前ゲットだ。これでＲＤＷ内では今から俺はドラゴンさんだぜ！

幸先のいいスタートに心躍る。

『次はアバターの外見設定です。外見設定はキャラクターメイキング中、いつでも変更出来ます』

次は俺の分身たるアバターの見た目の設定だ。どんな感じにしようか？

何処まで弄れるんだろ。前情報では、性別は変更出来ず、現実と違い過ぎる体は無理だったらしいが。

『肉体をスキャンします。スキャン中……完了』

外見設定について考えていると俺の現実の体がスキャンされて、目の前に裸の俺が現れる。

ただし、大事なところは隠れている。

「しっかし、改めて見ると……」

本当におっさんだな、俺。

無駄な贅肉が付いている、くたびれたおっさんだ。

「いろいろ弄ってみるか」

とりあえず、体の無駄な贅肉を少し削って、脚を少しだけ伸ばす。顔は下手に弄って変になるのが嫌なので少し肉を落とすくらいに。すると、三十代のくたびれたおっさんが二十代の普通のおっさんくらいになった。

「どうせならもっとカッコ良くしよう」

これだと普通過ぎるので瞳の色を金色に、肌の色を白くして髪色はそのまま黒。

髪型は思い切って長髪にして後ろに全部流してフワッとさせる。

「これでいいかな……相変わらず何処かおっさんぽいけど」

なんかおっさんぽさが抜けない。

まぁいいか。どうせキャラクターメイキング中は変更出来るし。

「よし、決定！」

『これで外見設定を決定しますか？』

「はい」

『外見設定を決定しました』

次はなにを決めるんだろ。

『次はドラゴン様の種族を選択します』

どうやら次は種族を決めるようだ。

ワクワクする。

『この中から種族を選択してください』

◯ヒューマン
◯ビースト
◯エルフ
◯ドワーフ

種族がリストで表示される。

ヒューマンはそのまんま人間。

ビーストはいわゆる獣人で、これを選ぶとさらにどんな動物の獣人になるかを選択させられるらしい。たとえば犬や狼、猫や熊などで、選択した種類によって耳や尻尾が生えて変化する。

エルフを選択すると身長が少し伸びて肌が白くなり、耳が尖る。

ドワーフは身長が少し縮んで筋肉が増える。

ファンタジーゲームでは王道の種族が並んでいるが、俺の目的はこれらの種族ではない。

俺はリストの一番下を見る。そこには【ランダム】の文字が。

「ランダムの説明をお願いします」

『ランダムは種族がランダムで選択されます。通常ランダムで選択された種族は変更出来ませんが、一回につき千円で選択し直すことが可能です。ごく低確率でリストに載っていない種族が選択されます』

これだ！　これこそが事前に俺が選択しようと考えていたものだ。驚くことにランダムでは、なんとリストに載っていない種族が出る。しかも、通常は選択し直せないが金でやり直し可能！

これがキャラメイクの課金要素のひとつ目。

βテストでは、ヴァンパイアやエンジェルなどの種族が出た者がいたようだ。ただ、本当に低確率なので、出るまでにかなりの金額がかかるらしい。

だが、いまの俺に金の心配なんて不要！　いい種族が出るまで、いくらでも金をかけて選択し直してやる。

「ランダムでお願いします」

『ランダムを選択します。……エルフです』

まずはエルフか。

俺もいきなりレア種族が出るとは思っていない。事前に課金設定もしているので口座の金がなくなるまでやり直せる。

まるでソシャゲのガチャみたいだ。まぁいい、どんどん回すぞ！

「やり直しで」

『千円で選択し直しますか？』

「お願いします」

『選択し直します。次から確認を省略しますか？』

「はい」

『種族やり直しの確認を省略します』

ここら辺は運営も予想しているのか、確認のやりとりが省略出来た。

「ランダム選択」

『ビースト』

「やり直し。ランダム選択」

『ドワーフ』

「やり直し。ランダム選択」

『ヒューマン』

「やり直し。ランダム選択」

『ヒューマン』

「やり直し。ランダム選択」

『おめでとうございます。ダークエルフです』

おお！　初のレア種族だ。

俺のアバターが変化する。身長が少し伸びて肌が黒くなり、耳が尖る。

「うーん」

レア種族を引けたのはいいが、これじゃないな。どうせいくらでも出来るんだし、やり直そう。

「やり直し。ランダム選択」

『ドワー――』


それから三百回ほどやり直した頃。

『おめでとうございます。ドラゴニュートです』

おおぉぉぉぉぉ‼

ドラゴニュートって龍人だよな⁉　ドラゴン好きとしては最高じゃねえか！

アバターは瞳の瞳孔が縦に長くなったくらいの変化。意外とあまり変化がないが、これはこれでカッコイイ。これで決定だ。
「ドラゴニュートで決定してください」
『種族をドラゴニュートに決定しますか？』
「はい」
『ドラゴニュートに決定しました』
これで俺はドラゴンの仲間入りか？
あー、早くプレイしたい。
でも、焦りは禁物だ。まだまだ決めることはたくさんあるのだから。
次は職業か。
『次にドラゴン様の職業を選択します』
俺の狙いはテイマーやサマナーなどのモンスター使役系だ。
『この中から職業を選択してください』

○剣士
○戦士
○武闘家
○槍使い
○弓使い

○盗賊
○テイマー
○サマナー
○火魔法——

種族と同じように、いくつもの基本職業がリストで表示される。

そのリストの中に俺が狙っているテイマーとサマナーがあった。

「テイマーの説明をお願いします」

『テイマーはモンスターを捕まえて使役する職業です。プレイヤーの魔力と知力に小ボーナス』

試しにテイマーの説明を聞いてみたが、思っていた通りだった。

ちなみにプレイヤーの魔力と知力っていうのは、そのまんまプレイヤーのステータスの一部のこと。

プレイヤーにはHPとMP以外は確認出来ないけど、ステータスはちゃんと存在している。

小ボーナスってことは数値が少しだけ上がるんだろう。

こういうのは意外と大事。

「なるほど」

普通だったらここでテイマーかサマナーを選ぶところだが、俺は違う。

俺はリストの一番下を見る。すると、そこには種族の時と同じように【ランダム】の文字。

ふっふっふっふ。そう、この職業選択にもあるのだ。このランダムが！

「ランダムの説明をお願いします！」

『ランダムは職業をランダムで選択します。通常ランダムで選択された職業は変更出来ませんが、一回につき千円で選択し直すことが可能です。ごく低確率でリストに載っていない上位職や特殊職が選択されます』

これがキャラメイクの課金要素のふたつ目。

種族のときとほとんど同じで、金を使い何度でもやり直せる。職業の場合はリストに載っていない上位職——たとえば剣士だったら魔法剣士とかが低確率で出る。特殊職は不明なものが多い。

もちろん俺はこのランダムを選択する。俺はこのランダムでモンスター使役系の上位職や特殊職を狙う！　金はいくらでもあるんだから回しまくるぞ！

って種族のときもそうだが、いつの間にかソシャゲのガチャを回している気分になっている。

まぁ、似たようなものだし、別にいいか。

「ランダムでお願いします」

『ランダムを選択します。……槍使いです』

槍使いか。

まぁ最初はこんなもんだろ。

どんどんいこう。

「やり直しで」

『千円で選択し直しますか？』

「はい」

『選択し直します。次から確認を省略しますか？』

「はい」

『職業やり直しの確認を省略します』

ここも種族と同じように省略出来る。

「ランダム選択」

『水魔法使い』

「やり直し。ランダム選択」

『盗賊』

「やり直し。ランダム――」


それから俺はランダム選択を数百回やり直す。

途中で上位職か特殊職だと思われる職業がいくつか選択されたが、モンスター使役系ではないのでスルーした。

「やり直し。ランダム選択」

『おめでとうございます。忍者です』

また上位職か特殊職が出たけど、これじゃないんだよ。はぁ……おそらくもう千回近くやり直してるぞ。金額で言ったら百万だ。いつになったら出るんだよ。

「……やり直し。ランダム選択」

やり直しに飽き、疲れながらもやり直す。

どうせまだ出ないだろ。そう思っていると――

『おめでとうございます。ドラゴンテイマーです』


ん？

ドラゴン……テイマー？

「キターーーーーーー!!」

ついにきたぞ！　念願の使役系上位職か特殊職だ！

しかも、ドラゴンと名前が付いている。ドラゴン系のテイマーとか……最高かよ！

これもう絶対決定だろ。他に選択肢なんてねえよ！

あ、でもいちおう説明を聞いておこう。

「ドラゴンテイマーの説明をお願いします」

『ドラゴンテイマー。ドラゴン系モンスター以外捕まえられないし、使役も出来ない。使役しているドラゴン系モンスターの能力に大ボーナス。プレイヤーの魔力と知力に小ボーナス』

なるほど。

ドラゴン系モンスター以外は使役出来ないデメリットがあるけど、その代わり使役しているドラゴンが強力になるというメリットがあるのか。

それに説明には能力に大ボーナスとなっているけど、指定されてないいってことは、これって全能力ってことだよな？

それなら十分デメリットを打ち消すメリットだ。……最高じゃねえか！

もともと俺はドラゴン以外を積極的に使役する気はなかったしな。

まぁ、ドラゴンを見つけてテイムするのは難しそうだし、問題もあるが構わない。

よしっ！　早速決定だ！

「ドラゴンテイマーでお願いします！」

『職業をドラゴンテイマーに決定しますか？』

「お願いします！」

『ドラゴンテイマーに決定しました』

これで俺はドラゴンテイマーだ！

早速次にいこう、と言いたいところだが……。実はまだ職業選択は終わりじゃない。

『二万円で職業スロットをひとつ開放して、ふたつ目の職業を選択しますか？　開放しない場合は次に移ります』

ＲＤＷでは職業スロットというものを開放すると新たな職業を選択することが可能だ。

ただし、簡単には職業スロットを開放出来ないらしい。

しかし！　なんと、キャラメイクではその職業スロットを二万円でひとつだけ開放出来る！

つまり、ふたつの職業でゲームを開始出来るのだ！

これに課金しない手はない。

「職業スロットの開放をお願いします」

もちろん俺は課金して開放する。

『職業スロットを開放します。この中からふたつ目の職業を選択してください』

○剣士
○戦士
○武闘家
○槍使い
○弓使い
○盗――

先ほどの職業選択と同じ基本職業のリストが表示される。俺が選択するのは――もちろんランダムだ。これも事前に決めて狙っている職業がある。

それは空間魔法が使える職業。空間魔法を使えば、他のゲームや物語のようにアイテムボックスとかマジックバッグを作ったり出来る……かもしれない。

だが、俺の目的はそれではない。

俺が空間魔法を使ってやりたいことは、異次元に大きな空間を作って、そこにドラゴンたちを住まわせることだ。

テイマーなどのモンスター使役系の職業は、スキルのレベルによって連れていけるモンスターの数が変わる。

連れていけないモンスターは預けなければいけない。俺はそれが嫌なんだ。異次元にモンスターを住まわせて、いつでも会えるようにしたい。

夢はドラゴンの楽園を作ることだ！　まぁ出来るかどうかは分からないけど。

とりあえず、空間魔法、来い！

「ランダムで」

『ランダムを選択しま――』


そうしてやり直すこと約五百回。


『おめでとうございます。時空間魔法使いです』

とうとう空間魔法が使えそうな職業が選択される。

でも、時空間魔法？　それって、もしかして時魔法と空間魔法を合わせた魔法か？

とりあえず説明を聞こう。

「詳細をお願いします」

『時空間魔法使い。時空間魔法が使用出来る魔法使い。プレイヤーの魔力と知力に大ボーナス』

うーん。これだけじゃ時空間魔法についてよく分からないけど、ボーナスが大だし、かなり強力な職業だと思う。

これにしようか。

「時空間魔法使いでお願いします」

『職業を時空間魔法使いに決定しますか？』

「はい」

『時空間魔法使いに決定しました』

これで後は貰えるモンスターの選択か？

『ドラゴン様はモンスター使役系の職業を選択されたので、次に初期モンスターを選択します』

やっぱりそうだ。これで絶対にいいドラゴンを手に入れるぞ！

『初期モンスターはランダムで選択されます。選択されるのはノーマルモンスターですが、課金することによりネームドモンスターやユニークモンスターにすることが可能です。料金は五千円です。通常選択されたモンスターは変更することが出来ませんが、一回につき千円で選択し直すことが可能です』

プレイヤーによっては、ここがキャラメイクで一番金がかかるところだろう。

ネームドモンスターというのは、モンスターに名前が付いている個体のことで、ノーマルモンスターよりも強力なモンスター。

そしてユニークモンスターというのは、通常のモンスターと異なる外見や能力を持った特別なモンスターだ。

どちらも通常のゲームプレイでは、なかなか手に入らないモンスターなので、課金しない手はない。

しかも、ネームドモンスターとユニークモンスターを両方選択肢に入れることも出来る。

なので、一回選択するだけで一万円。やり直しで一万一千円も金がかかる。

もし狙っているモンスターをネームドユニークモンスターにしようとするなら……考えるだけでもヤバイ。

しかし、俺には金の心配がないので、ドラゴンが出るまで存分にやる。

……そういえば俺はドラゴン系以外を使役出来ないから、ドラゴン系モンスターだけ出てくるのだろうか？

それならありがたい。とりあえずチャレンジだ。

「ネームドとユニークで選択します」

『一万円でモンスターを選択しますか？』

「はい」

『ゴブリンです』

ゴブリン？

ゴブリンってあのゴブリン？

最弱モンスターなのに小説とかではよく好かれていて、軍団とか作っちゃう奴？　え……マジ？

どう聞いてもドラゴンではないよな。これってドラゴン系が絶対選択される訳じゃないのか。

ま、まぁいい。金がかかるのは想定内だ。

どんどんいこう。

……でもゴブリンって。

「やり直し」

いままでのように何度もやり直す。

出ない。

いつかは出るだろうと思ってやり直す。

出ない。

もうゲーム内時間で十時間以上は経っているかもしれない。

それでも出ない。

いい加減に来い。

『アースドラゴン』


お？

おおおお？

来たか。ついに来たか……。長かった。

絶対このモンスター選択だけで一千万は使ってる。流石にこれでドラゴンじゃないとかないよな？

もう疲れたわ。でも、達成感がハンパない。

「アースドラゴンでお願いします……」

『アースドラゴンで決定しました』

誰かに自慢したいな。でも、知り合いはいないし。

掲示板とかで自慢するのもアレだしなー。まぁ、ＲＤＷの中で周りに見せつけて優越感に浸ればいいか。

『お疲れ様でした。これですべてのキャラクターメイキングが終了です。まだ外見設定を変更出来ますが、どうしますか？』

あ、どうやら終わりのようだ。

外見設定はこれでいいよな。

「終了で」

『では、キャラクターメイキングを終了します。改めてお疲れ様でした』

「ありがとうございます」

ずっと付き合ってくれた案内ＡＩになんとなくお礼を言う。

ゲーム内時間では既に夜になってそう。

なんとなく視線を動かす。

……あ、右上に視線を移動したら時間が表示されたわ。

全然気が付かなかった。どんだけ集中してたんだよ。まだキャラメイクでゲームも始まってないのにな。

現実の時間は約十五時。ゲーム内時間は00：00か。

ゲームが始まったのがどっちも十二時だから、ゲーム内時間で十二時間もキャラメイクしてたのか。そりゃ疲れるわ。

これ、この後チュートリアルやってから街に行っても真夜中だよなー。チュートリアルやったら、少し休憩するかー。

俺は表示された時間を見ながらそう思った。

『チュートリアルを開始するため、チュートリアルフィールドに移動します』
あ、移動するのか。
そう思った瞬間、なにもなかった足元に土色の地面が出現して広がっていく。
「凄い景色だな」

地面が広がり終わると、俺が作ったアバターが近付いて来て俺の体と重なったように感じた。

すると、俺はアバターの姿になった。

「面白い演出だな。ちゃんと体は動かせるし」

空中で体を動かしてちゃんと動くか確認していると、浮いていた俺がゆっくりと地面に向かって降りていく。

そのまま俺は地面に降り立った。

そこで気が付く。

「凄い。土を踏んでいる感触がリアルだ。それに風を肌で感じる」

しゃがんで地面の土を一摘みして嗅ぐと土の匂いがするし、口に入れてみると味もする。

まるで現実にいるようなリアルな感覚に俺は驚いた。

事前の情報で、ＲＤＷは五感をリアルに感じられるとあったけど、まさかここまでとは……。

『ふふふふふ』

突然、笑い声がしたので驚いて立ち上がる
いつの間にか目の前に全身が真っ白な人型が立っていた。

どうやらこの人型が笑っているようだ。

『しゃがんだと思ったら、まさかいきなり土を食べるとは思いませんでしたよ』

「あ、いや……つい気になったので」

俺は少し恥ずかしくなり、手で頭を掻きながら答えた。

どうやらこの人？　に全部見られていたようだ。

『みなさん、最初は驚かれますからね』

「そうですよね。ここまでリアルだとは思いませんでした」

『ありがとうございます。そう言っていただけると、私どもも嬉しいです』

「ところで、あのー、あなたは？」

『申し遅れました。私はドラゴン様のチュートリアルを担当させていただきます、チュートリアルＡＩです」

「あ、どうも」

どうやらこの人型はチュートリアル担当のＡＩだったらしい。

ただの人の形をした塊だから表情は分からないけど、対応は凄く人間っぽいＡＩだ。

案内ＡＩは笑ったりはしなかったが、これがＲＤＷでは普通なのか？

それともこのＡＩだけなのか？

『では、チュートリアルを始めてもよろしいでしょうか？』

いろいろ考えていると、チュートリアルＡＩにそう言われる。

「お願いします」

『はい。では、まずメニューを開いてみましょう。メニューは開こうと思えば視界に現れます』

言われた通り、メニューを開こうと思っただけで、よくあるゲームのメニューに似た画面が視界に現れる。

これも凄いな。

思っただけで簡単にメニューが開くのか。

これなら操作も楽そうだ。

メニューには幾つかの項目が並んでいて、一番上がステータスで一番下がログアウトと表示されている。

意外にもMMOとしては項目が少ない気がする。

『メニューが開けましたか？』

「開けました」

『よかったです。メニューは開いていても自分以外には見えないので、安心して使ってください』

メニューは他のプレイヤーやNPCには見えないのか。

『では、次にドラゴン様のステータスを確認してみましょう。ステータスを手で触ってみてください』

「えっと、こうか」

開いているメニューのステータスという文字に右手で触れると視界に新たな画面が開く。


＝＝＝＝＝＝＝＝＝＝＝＝＝＝＝＝＝＝＝＝＝＝＝＝＝＝＝＝＝＝

○名前：ドラゴン
○種族：【ドラゴニュートLV1】

○職業：【ドラゴンテイマーLV1】【時空間魔法使いLV1】
○スキル：【龍化LV1】【テイムLV1】【時空間魔法LV1】
○モンスター1／1：【アスラ】
○称号：【ドラゴン狂い】
○HP：80／80
○MP：120／120
＝＝＝＝＝＝＝＝＝＝＝＝＝＝＝＝＝＝＝＝＝＝＝＝＝＝＝＝＝

これが俺のステータスか。

名前はドラゴンになっているし、種族もドラゴニュートになっている。

職業も俺が選んだやつだ。

スキルは……【龍化】っていうのはなんだろう？

テイムと時空間魔法は職業のスキルだって分かるが……まぁ聞けばいいか。

『ステータスは開けましたか？』

ステータスを見て考えていると声をかけられた。

「あ、ごめんなさい。開けました」

『よかったです。では、説明のために今回だけ特別にドラゴン様のステータスを見せてもらってもいいですか？』

「お願いします」

見てもらいながら説明されたほうが分かりやすいだろうし、いいよな。

『あらっ！』

俺のステータスを見たチュートリアルＡＩが、何故か驚いたような声を出した。

「どうしました？」

『随分凝ったステータスだと思いまして』

「そうですか？」

そうでもないように答えつつも、俺は内心自慢だった。

こだわって設定したからな！

『それにおめでとうございます！』

「え？」

突然チュートリアルＡＩに祝福される。

なんだろう？

『ドラゴン様は称号を手に入れています』

「称号？」

ステータスを見てみると確かに俺は称号をひとつ持っていた。

【ドラゴン狂い】？

なんだそれ？

ていうかβテストで称号というものを手に入れた、なんて情報はひとつも目にしなかったぞ。

『称号というのは、ある一定の行動をして条件を満たすと貰えるもので、かなりレアなものです。称号によっては強力な力を得られることもあります』

「え、マジ？」

『マジです』

それってかなり凄いのではないか？

なんで俺が称号なんて手に入れてるんだ？

『称号の【ドラゴン狂い】という文字を触ってみてください。詳細が表示されます』

チュートリアルＡＩに言われる通りに、【ドラゴン狂い】という文字を触る。


＝＝＝＝＝＝＝＝＝＝＝＝＝＝＝＝＝＝＝＝＝＝＝＝＝＝＝＝＝＝

【ドラゴン狂い】

名前、初期種族、初期職業、初期モンスターがドラゴン関係だった者に与えられる。

使役しているドラゴン系モンスターの能力に中ボーナス。


＝＝＝＝＝＝＝＝＝＝＝＝＝＝＝＝＝＝＝＝＝＝＝＝＝＝＝＝＝＝

詳細が表示された。

この取得条件、厳しくないか？

俺以外に取れる奴なんていないのでは？

それと、使役しているドラゴン系モンスターに中ボーナスって強力なんじゃないだろうか？

『これは序盤ではかなり強力な称号ですね』

「そうなんですか？」

『はい。中ボーナスの数値などは詳しくは言えませんが、強力です』

はぁー。これはかなりラッキーだぞ。

なんだか大金も手に入るし、ＲＤＷも当たるし、運が向いてきているな！

『では、改めてステータスの説明をさせていただきます』

「あ、お願いします」

『名前はそのままプレイヤーの名前なので飛ばして……ＨＰとＭＰですね。ＨＰは体力で、この数値がゼロになると死んでしまいます。死んでしまうとデスペナルティーが発動して、ゲーム内時間で二十四時間、ステータスが半減してしまいます』

ＲＤＷのデスペナルティーは二十四時間ステータス半減。

厳しいよな。まぁ経験値とか所持金とかアイテムがロストしないだけマシか。

『死ぬ前にアイテムなどをモンスターや他のプレイヤーに盗られてしまうと、取り返すのが大変なので注意してください』

これは注意しとかないとな。

『ＭＰは魔力です。ＭＰを消費する行動をとると減ります。ＭＰがなくなってもペナルティーはありませんが、魔法などが使えないので気を付けてください』

「はい」

『説明はしましたけど、ＨＰとＭＰはどのゲームにもありますし、分かりますよね』

「そうですね」

『じゃあ種族を説明します。と、いっても説明するのは種族のレベルに関してですが。種族の横にレベルが表示されているのが分かりますか？』

確かにドラゴニュートＬＶ１と表示されている。

「はい」

『それは種族レベルと言いまして、モンスターを倒したりすることで上がっていきます。種族レベルが上がるとステータスが上昇します』

これはゲームでよくあるキャラクターのレベルだな。

『レベルが高くなるにつれて上がりづらくなるので注意してください。それに強力な種族だと、他の種族よりもレベルが上がりづらいです。ドラゴン様はドラゴニュートなので、通常の種族よりもレベルが上がりづらいと思います』

うへぇ。でもまぁこれはある程度予想出来たことだ。他のゲームでもよくあることだ。

『分かりましたか？』

「はい」

『では、次に職業について説明します。職業はプレイヤーやＮＰＣが就けるもので、職業に就くとその職業に関連したスキルを手に入れることが出来ます。職業にも種族レベルと同じような職業レベルがそれぞれ存在していて、レベルが上昇すると職業に応じたステータスも上昇します。もちろん職業レベルも強力な職業ほど上がりづらくなります』

なるほど。

職業レベルも種族レベルと同じように、レベルが上がればステータスが上がってレベル上げがしづらくなると。

『それとドラゴン様はもうふたつの職業に就いているので知っていると思いますが、複数の職業に就くことが可能です。そして職業レベルが上がればステータスも上がる。つまり職業が多ければ多いほど有利になるのです』

「おお！」

確かにそうだ。

職業が多く一気にレベルが上がればキャラクターはそれだけ強くなる。職業がひとつのプレイヤーとふたつのプレイヤーでは、かなり違いが出そうだな。

で、気になってくるのは職業スロットについてだ。

「職業スロットはどうやって開放するんですか？」

『そうですねぇ……今の状態で教えられるのは、運営イベントの上位入賞ですかね』

運営イベントの上位入賞。

つまり賞品ということか。それは大変そうだなぁ。

『あと職業で気になることはありますか？』

そうだなぁ……。

新しい職業の就き方でも聞いておこうか。

「もし職業スロットを開放したとして、新しい職業にはどうやって就くんですか？　もしかしてキャラメイクと同じです？」

『いえ、キャラメイクとは違います。新しい職業には既に職業に就いているＮＰＣに指導してもらったりですかね。もちろん他の方法もありますが』

なんだ。キャラメイクとは違うのか。

金はあるから、あの方式だといい職業を手に入れられてよかったんだけど……まぁ時間はかかるけど。

『職業についてなにもなければ、次にいきますよ』

「お願いします」

『はい。次はスキルについてです。スキルはアクティブスキルとパッシブスキルというふたつの種類があります。アクティブスキルはプレイヤーが任意のタイミングで発動させることの出来るスキルで、パッシブスキルはプレイヤーが所得するだけで継続的に効果があるスキルです』

これもゲームによくある設定だ。

『スキルにもそれぞれレベルがありまして、レベルが上昇するとそのスキルが強力になったり、出来ることが増えたりします。ただし、中にはレベルの存在しないスキルもあります』

レベルのないスキルなんてのもあるのか。

『スキルは便利で強力な分、手に入れるのが難しいです。主な所得方法ですが、新たに職業に就くと手に入ります』

ＲＤＷは通常のゲームのように、スキルをバンバン手に入れることは出来ないんだよな。

『では、ドラゴン様のスキルを見ていきましょう。まずは【龍化】ですね。これは種族スキルです』

「種族スキル？」

『はい。特定の種族のみが持つスキルのことです。【龍化】はドラゴニュートの種族スキルですね』

なるほど。

【龍化】はドラゴニュートになったから手に入ったのか。

【龍化】はＭＰを消費して体を龍――つまりドラゴンにすることが可能なスキルです』

おおおおお‼

それはかなりカッコイイ！　それに強いんじゃないか⁉

『ただし、今のスキルレベルでは右手しか【龍化】出来ませんし、ＭＰもすぐになくなってしまうでしょうね』

なんだ……まぁ、そう上手くはいかないか。

「でも、それってスキルレベルを上げていけば、いつかは完全なドラゴンに変身出来るってことですよね？」

『はい、そうですね』

よっしゃ！　それで十分。

また目標が出来たな。

『試しに一度、【龍化】を使ってみましょう』

チュートリアルＡＩはそう言うと、俺の前から横にズレて、立っていたところに右手を向ける。

すると、木で出来た人形のようなものが現れた。

『これに【龍化】を使って攻撃してみてください。頭の中で【龍化】を使おうと思えば使えます。ただし、最初のうちは【龍化】と口に出したほうが上手く使えると思うのでオススメです』

いい年したおっさんが「【龍化】！」とか言うのか……まぁ俺は全力で楽しむって決めたからやるけど！

「【龍化】！」

すると右手が白い鱗に覆われて鋭い爪が伸びる。

まさにドラゴン！　カッコイイ！

『ＭＰがなくなるのですぐに攻撃を！』

「あ、はい！」

そう言われて慌てて龍化した右手を木の人形に向かって振るう。


バキッ！

木の人形は簡単に砕け散った。凄い威力だ。

そう思っていると右手は元に戻った。

「あれ？　早い？」

『ＭＰ切れですね。【龍化】は強力なので大量にＭＰを消費するんですよ。ドラゴン様は初期ＭＰが多いほうなので発動出来ましたが、通常始めたばかりのプレイヤーは発動も出来ないでしょうね』

はぁー、そうなのか。確かに強力だもんな。

てか、俺ってＭＰ多いほうだったんだな。

『これを飲んでください』

チュートリアルＡＩはそう言って、何処からか青い液体の入った小瓶を取り出した。

「それはなんです？」

『これはチュートリアルだけで使える特別なＭＰ回復薬です』

「これがＭＰ回復薬」

知ってはいたけど、こんな見た目なんだな。

『ＭＰがないと次のスキルの説明が出来ませんからね』

「なるほど」

俺はＭＰ回復薬を受け取って一気に飲んだ。

特に味はない。

『瓶はこちらに』

「はい」

瓶を返すとチュートリアルＡＩは何処かに仕舞った。

『では、次のスキルの【テイム】ですが、これはモンスターを捕まえたり使役するスキルで、アクティブスキルでもあり、パッシブスキルでもあります』

うん？　えっと……。

『つまり【テイム】は使用してモンスターを捕まえるアクティブスキルの面と、モンスターを使役するパッシブスキルの面があるということです』

「あーなるほど」

それでアクティブでもパッシブでもあるってことか。

確かによく考えると、俺はテイマーなのにテイマー関係のスキルはこれしか持ってない。

捕まえるスキルと使役するスキルがないとおかしいから……ひとつにまとまってるんだな。

『【テイム】のレベルはモンスターを捕まえたり、使役したモンスターが敵モンスターを倒したりすると上昇します』

これはいい話だ。

俺はドラゴン系モンスター以外捕まえられない。ドラゴン系モンスターなんて確実にレアなはずだ。

つまり数が少ないし、見つけるのも難しい。

そんな中で、どうやって【テイム】のレベルを上げようかと思ってたけど、使役したモンスターが敵を倒せばいいなら問題はない。

『【テイム】のレベルが上がると、レベルの高いモンスターやレアなモンスターをテイム出来るようになりますし、連れて歩けるモンスターの数も増えます』

ドラゴン系は難易度高そうだし、出来るだけ【テイム】のレベルは上げたほうがいいよな。

それにドラゴンをいっぱい連れて歩きたいし。

『【テイム】スキルを持つ方には、ここで弱いモンスターを一体捕まえてもらうんですが、流石にドラゴンは出せないので今回はスキップさせてもらいます』

「はい」

そりゃそうだ。ドラゴンなんてサービスで出してはくれないだろう。

『では、次のスキルの【時空間魔法】について説明します。といっても説明出来ることだけですが』

「どういうことです？」

『えっと、そもそも魔法っていうのはですねー完全なイメージなんですよ』

「イメージ、想像？」

『はい。魔法の使い方っていうのは、持っている属性の魔法で出来る魔法をイメージして発動します』

ん？

「それってかなり自由に魔法が使えるんじゃないですか？　たとえば火魔法を持っていれば、火球を出したりとか火で出来たドラゴンを作ったりとか」

『はい、出来ます。イメージ出来ることならばなんでも』

マジかよ。それなら俺の異次元楽園計画も可能なのでは？

ＲＤＷ凄過ぎないか？

『ただし、自分の持つＭＰと技量、それに想像力が足りなければ魔法は発動しません』

なるほど。

ただイメージしただけじゃ発動はしないのか。

『魔法は自由なので、こうしろとかああしろって説明はあまり出来ないんですよ』

そういうことか。

『あとこれを差し上げますね』

そう言ってチュートリアルＡＩは木の棒を俺に差し出す。

「これは？」

見たところ普通の木の棒だ。

『これは魔法を使うプレイヤーに贈られる木の杖です』

杖だったのか。初期装備ね。

『魔法を使用するには魔法発動体という装備が必要です。魔法発動体は杖の形だったり指輪だったりするので、ゲームが開始したら自分の気に入った装備を探してみてくださいね』

へぇー。

魔法を発動するには、魔法を発動させるための装備が必要ということか。

『分かりましたか？』

「はい」

『では、【時空間魔法】の説明を。【時空間魔法】は時魔法と空間魔法の混成魔法で、その名の通り時間と空間を司る魔法です』

よかった。ちゃんと空間魔法は使えそうだ。

『【時空間魔法】はとても強力な魔法です。かなりのMPと技量、イメージが必要で難易度が高いです』

名前からして強力そうだし、難しそうだしな。

『主な魔法の使い方としては、周囲の時間を止めたり、空間に壁を作ったりというのがあります』

異次元のこととか聞いてみるか。

「【時空間魔法】でマジックバッグを作ったり、空間にアイテムを収納したり、異次元にモンスターが住める空間を作ったりは出来ますか?」

『あまり詳しくは言えないのですが、マジックバッグは【時空間魔法】だけでは作れません。他のスキルが必要になります。あとのことについては……ドラゴン様の今後の頑張り次第でしょう』

「ありがとうございます!」

よっしゃあ! それって頑張れば出来るってことだよな! 俄然やる気出てきたぞ!

でも、マジックバッグを作るには他のスキルが必要なのか。

なんだろう?

カバンを新しく作らなきゃいけないなら、革細工のスキルが必要だしなー。

他のゲームでは……そうだなぁ。付与魔法とかかな？

『では、【時空間魔法】を実際に使ってみましょう』

「はい」

『いきなり周囲の時間を止めたりは流石に難しいので、自分の時間だけを速くしてみましょうか。いちおう草を生やしておきますね』

先ほど木の人形が立っていた場所に草が一本だけ生えてくる。

風に揺られているだけで、普通の草だ。

なんで？

まぁなにか意味があるんだろう。とりあえず、やってみよう。

「分かりました」

自分の時間を速くするって、ようは自分だけ速く動けるってことだよな。

イメージ……イメージ。

『あ、魔法を使うときはそれっぽい呪文とか言ったり、身振り手振りとかすると発動しやすくなりますよ』

え、いきなりそんなこと言われても！　あぁもう！

「クロックアップ！」

つい頭に浮かんだ、昔の特撮の、自分だけ速く動く時に使うセリフを言ってしまう。

なにか変わったか？

周囲を見てみると、風に揺れていた草の動きがさっきよりスローになっているような気がする。

あと音が変わったかな？　もしかして、今なら速く動ける？

俺は体を動かしてみた。……よく分からん。

草の動きと音が元に戻る。

「あれ？」

『ＭＰ切れですね』

ということは魔法は発動してたのか。でも、五秒も経ってないぞ。

『いまの魔法はお見事です。動きが一・二倍ほど速くなってましたし、なにより自分の知覚速度まで同時に速くしてましたから』

「マジか」

それってマジのクロックアップじゃん。

周りからは自分が速く動いているように見えて、自分からは周りが遅く動いて見えるってことでしょ？

やべーな、**【時空間魔法】**。

『これどうぞ』

「あ、どうも」

クロックアップに驚いていると、チュートリアルＡＩがＭＰ回復薬を差し出してきたので、受け取って飲む。そして小瓶を返す。

『では、次に【時空間魔法】の空間のほうの魔法も使ってみましょう。そうですねぇ……自分の前の空間に壁を作ってみましょうか』

「壁」

防御とかに使うのかな。

『私が攻撃力のない光球をドラゴン様に向けて飛ばしますので、壁を作って防いでください』

やっぱり防御らしい。

『いきますよ。光球！』

そう言ってチュートリアルＡＩが右手をこっちに向けると、その右手から光球が出てきてそれなりの速度で飛んで来る。

「うおっ！」

俺はその光球の速度に驚きつつも、杖を持った両手を前に出して、とっさに思い付いた、それっぽい呪文を言う。

「スペースウォール！」

発動しているのか？　透明で全然分からん。

そう思った次の瞬間、飛んで来た光球が俺の両手の少し前でなにかに当たったようにして消えた。

「出来た？」

『出来ましたよ。でも、そのままだと魔法が発動し続けるので、止めようとしてください』

俺は言われた通りに魔法を止めようと意識しながら両手を下げる。

『はい、止まってます』

「ふぅ～」

ちゃんと魔法を発動出来たようだ。

『いまのふたつの魔法で分かったと思いますが、魔法はイメージが大切なので、想像力を働かせて頑張ってください』

確かにその通りだ。いまので分かったような気がする。

「頑張ります」

『はい』

チュートリアルAIは頷いた。

『これでスキルの説明は終わりです。それでは次に進みますね』

順番でいくと次はモンスターかな。

確かステータス画面にアスラと記されてあったな……気になる。

『次は使役モンスターの説明です。ステータスのモンスターの横に数字がありますよね？』

1／1って書いてあるな。

「はい」

『それが現在自身が連れて歩ける使役モンスターの数です』

「じゃあ、いま俺は一体だけ連れていけるってことですか」

『そうなりますね。先ほども説明しましたが、テイムのレベルが上昇すれば数も増えますので』

「それってどれくらいテイムのレベルが上がれば数が増えるんですか？」

『それは教えられないんです。ごめんなさい』

そう言ってチュートリアルＡＩは頭を下げた。

「あ、いえ。それなら大丈夫です」

『すいません』

チュートリアルＡＩに表情はないけど、もしあったなら間違いなく申し訳なさそうな顔をしていることだろう。

「続き、いきましょう」

『では、次に進みます。モンスターの欄には使役しているモンスターが表示されます。通常は種族が表示されますが、ドラゴン様の場合はモンスターに名前があるネームドモンスターなので、その名前が表示されています』

なるほど。

俺の場合は引き当てたアースドラゴンがアスラという名前なんだな。なかなかにカッコイイ名前じゃないか。

「もしノーマルモンスターやユニークモンスターを捕まえた場合って自分で名前を付けられるんですか？」

『通常それは出来ません』

出来ないのか。

『ただ』

ん？

『もしかしたら世界の何処かに、モンスターに名付けをする方法があるかも知れません……あくまで、もしかしたら、ですが』

これは……遠回しに教えてくれているのか？

本当は言ってはいけないことなのかもしれない。でも、さっきのテイムレベルの話はダメで、こっちはいいのかな？

まぁ、ありがたいからいいけど。

「情報、ありがとうございます」

『いえいえ』

さっきから思ってたけど人間っぽくていい人だよな……チュートリアルＡＩ。

人じゃなくてＡＩだけど。

本当は中に人がいるんじゃないかと思ってしまうけど、ＲＤＷのＡＩは本当に生きているようだと情報にはあったし、これが普通なのかもしれないな。

『では、次は私がドラゴン様のモンスターをここに召喚します』

「え？」

ここに召喚するのか？

てっきりチュートリアルが終わって街に飛ばされると自分のモンスターがいるのかと思ってたわ。

『いきますよー』

チュートリアルＡＩが少し離れた地面に手を向ける。

ついにか。どんなドラゴンなんだろう？

アースドラゴンっていうくらいだから、地面とかに関係があるのかね？

気になるなぁ。

『ほっ！』

チュートリアルＡＩがそう言うと――


ポンッ！

気の抜けるような音とともに地面から煙が広がる。

「うん？」

煙？　こういうのって魔法陣とかじゃないのか？

そう思っていると、煙が消えた。

すると、そこにいた――ドラゴンが。

鮮やかな緑色の体に茶色い模様。太い四本の足には鋭い爪が伸びていて、太い尻尾があり、角のない頭、そして力強く深い緑色の瞳が意思の強さを感じさせる。

馬くらいの大きさで翼はないが、まさしくその姿はドラゴンだ。

一見しただけで分かる。こいつは……強い。

「ガァァァァァァァ!!」
アースドラゴンは俺を見ると力強い咆哮を上げる。
これが、ドラゴン……俺の好きなドラゴン。
これほどの存在なのか。
俺はあまりの感動にその場で立ち尽くす。
アースドラゴンはドシドシと俺の前まで歩いて来て止まる。
迫力があるが、怖いとは思わなかった。
「お前が……アスラ?」
震える声で名を聞く。
アースドラゴンは一度首を縦に振る。
「そうか……お前が俺の」
俺は目の前のアースドラゴン――アスラにゆっくりと右手を伸ばす。
アスラは俺をじっと見て動かない。
そして――触れた。
その瞬間、俺の中でなにかが繋がった気がした。
俺はもっとたくさんアスラに触れたくなり、両手で頭を優しく撫でる。
少しヒンヤリとしていて気持ちがいい。
アスラも特に抵抗もせずに目を細めている。

「俺はドラゴン。よろしくな、アスラ」

「グルゥー」

アスラも俺によろしくと言っている気がした。

『あのー、そろそろいいですか？』

「あ」

そういえば、まだチュートリアルの途中だったんだ。完全に忘れてた。

俺はもっと触れていたい気持ちを抑えつつ、撫でている手を離す。いつの間にか杖を落としていたので急いで拾う。

「すみません。嬉しくてつい」

「グルゥ」

『まぁ触れ合いも大事なコミュニケーションですしね。アスラと絆を深めていけば、いつか会話も出来るようになるでしょう』

そうなのか。それは楽しみだな。でも、なんとなくだけどアスラの簡単な感情は伝わってくる気がする。

『とりあえず、次に進みますね。ステータスのアスラという文字に触れてみてください』

「はい」

言われたまま触れると新しい画面が表示される。

＝＝＝＝＝＝＝＝＝＝＝＝＝＝＝＝＝＝＝＝＝＝＝＝＝＝＝＝＝＝＝＝＝＝＝

○名前：アスラ

○種族：【アースドラゴン（ユニーク）ＬＶ１】

○主：ドラゴン

○スキル：【アースブレスＬＶ１】【土魔法ＬＶ１】【母なる大地】

○ＨＰ：３５０／３５０

○ＭＰ：２００／２００

＝＝＝＝＝＝＝＝＝＝＝＝＝＝＝＝＝＝＝＝＝＝＝＝＝＝＝＝＝＝＝＝＝＝＝

『表示されましたね。それがアスラのステータスです』

まず目に入ったのはＨＰとＭＰだ。

３５０に２００って高過ぎないか？

俺の魔力は職業のボーナスがふたつも付いてＭＰ１２０。

それよりも80高いし、ＨＰなんて俺の四倍以上だ。

『スキル以外は見たら大体分かると思います。職業がない以外はプレイヤーとほとんど同じなので』

「そうですね」

『はい……それにしても驚きました』

チュートリアルＡＩが突然そんなことを言う。

「どうしたんです？」

『……アースドラゴンは通常ふたつのスキルを持っています。それが【アースブレス】と【土魔法】です』

「じゃあこの【母なる大地】というスキルはもしかして」

『はい。ユニークモンスターだから持っているんでしょうね。このスキル……かなり強力なものですよ。まさかこのスキルを持ったモンスターが現れるとは思っていなかったので、驚いてしまいました』

そんなに強力なスキルなのか？

「一体どんなスキルなんです？」

『【母なる大地】は、レベルがないことから分かるようにパッシブスキルで、その効果は、大地にいる限りさまざまな恩恵が得られるというものです』

大地にいる限りさまざまな恩恵？

「どんな恩恵なんですか？」

『たとえばＨＰとＭＰの自然回復速度が劇的に上昇したり、動く速度が速くなったり、いろいろあります』

「え？」

『立っていれば勝手にＨＰとＭＰが回復しますから、簡単には死にません』

それ、強力過ぎないか？　立っているだけで、失ったＨＰとＭＰをどんどん回復するとか。

チートスキルかよ。

「アスラ、凄いな」

「グルゥ」

アスラは誇らしそうに鳴いた。

『ただし、このスキルの効果は、地面から一定時間離れていたりしたら発動しないので注意してください』

「分かりました」

つまり空にいたら駄目なのね。

『先に【母なる大地】を説明してしまいましたが、最初のスキルに戻りますね』

「はい」

『【アースブレス】は土属性のブレスを吐くスキルです』

ああ、よくあるドラゴンブレスか。

『それで、【土魔法】はそのまんま、土の魔法です』

「あれ？ 試さないんですか？」

『実はチュートリアルにはモンスターの回復薬がないので、ここでは試せないように設定されているんです。MPが切れて次にいけなかったら困りますから』

そうなのか。試したかったなぁ。

『ですから、アスラのスキルは実際のフィールドで試してみてください』

「分かりました」

『はい。これで使役モンスターとステータスの説明は終わりです。他のメニューにある項目は実際に使ってみて覚えていってくださいね。あとステータスとメニューは閉じようと思えば閉じるので閉じちゃってください』

　言われた通りに閉じようと思うと、すぐに消えた。

『実はこれでもう説明はほとんど終わりです』

「そうなんですか？」

『はい。最後にこれの説明だけしますね』

　そう言ってチュートリアルＡＩは何処からか革のバッグを取り出す。

「それはなんです？」

『これはマジックバッグです。どうぞ』

「これがマジックバッグ」

　チュートリアルＡＩに手渡されたバッグをよく見る。

　見た目は普通の革の肩掛けバッグだ。しかし、開けてみると中は真っ暗でなにも見えない。

『そのマジックバッグは、ある程度の大きさまでのアイテムを四十個入れられます。使い方は簡単です。入れたいものを中に入れようとすれば入ります。ものを出すときは、中に手を入れてください。そうするとアイテムのリストが目の前に表示されますので、その中から出したいアイテムを念じながら掴むと掴めます』

簡単そうだ。要はものを仕舞いたいときは普通にマジックバッグにものを入れて、出すときは手を入れて中のものを掴めばいいってこと。

『では、そのマジックバッグの中に石がひとつだけ入っているので、実際に出してみましょう』

俺はマジックバッグの真っ暗な中に手を入れる。

リストが表示されて【石】と書いてある。

石を出そうと思いながら掴もうとすると、なにかを掴んだ感触がした。マジックバッグから手を出す。すると、俺の手には石が握られていた。

『出来ましたね。そのマジックバッグは差し上げるので有効に使ってください』

「ありがとうございます」

マジックバッグを肩に掛けてお礼を言う。

掛けた感じも普通のバッグだ。とりあえず持っている杖を仕舞う。

『これでチュートリアルは終了です。お疲れ様でした』

「お疲れ様でした」

『では、ドラゴン様を街に転送します。シュツル王国とエルガオム帝国のどちらかを選んでください』

うーん。事前情報ではシュツル王国の方が人気が高そうだし、そっちの方がいいのかな？

じゃあシュツル王国に行くか。

「シュツル王国で」

『シュツル王国の首都バリエに転送しますね』

「あ、ちょっと待ってもらっていいですか？」

『なんですか？』

「少し疲れたんでログアウトしていいですか？　街に行く前に休憩したいんです」

「グルゥ？」

アスラが不思議そうにしている。

まぁアスラはさっき召喚されたばかりだからな。

『あー、ちょっと待ってください……大丈夫みたいです』

もしかしてチュートリアルＡＩが運営に問い合わせていた？　手間をかけさせちゃったな。

「すみません」

『いえいえ、では次にログインしたら街から始まるようにしますね』

「ありがとうございます」

『私はドラゴン様を応援してますので、頑張ってください』

「はい。アスラ、ちょっと待っててくれな」

アスラを撫でてやる。

なんとなくアスラが、分かったと言っている気がした。

「グルゥー」

あと嬉しいだって。多分。

「じゃあ、アスラ。後で会おう」

俺はメニューからログアウトを選んだ。

『フフ……』

意識が遠くなっていく中で誰かの声が聞こえた気がした。

第三章　広がる世界

「……戻ってきた」

ＲＤＷからログアウトした俺は、ＶＲゲーム機の端末のスイッチを切り、頭から外してベッドから起き上がる。

立ち上がって体を少し動かしてみるが、特に体が固くなってたり疲労感があったりはしない。

「問題はなさそう」

流石は高級なＶＲ用のベッドといったところだ。

とりあえず、なにか飲むか。

俺は寝室を出てキッチンに行き、冷蔵庫からペットボトルの紅茶を取り出す。

リビングに行ってソファーに座り、持って来た紅茶を一口飲んだ。

「ふぅ……」

一息ついて落ち着く。

落ち着いたところで、さっきまでのことを思い返す。

まるで、現実のような世界や五感。それなのに魔法やモンスターが当たり前。でも、それが自然のように思える。

感動した。

だけど、なにより感動したのはアスラのことだ。

まさか生きているうちに、あんなに迫力のあるリアルなドラゴンをこの目で見ることが出来るなんて。

「凄かったな」

つい呟く。

何時間も粘って頑張った甲斐があった。生きてて良かったとも思える。

本当ならいますぐにでもＲＤＷにログインしてゲームをしたいが、現実では俺も生きている人間なので準備が必要だ。

壁に掛かっている時計を見る。

十六時。

ＲＤＷでは朝の四時、まだ早すぎる。

時間はあるように思えるが、ゲーム内では四倍の速度で時間が進んでいるので、十七時くらいにはログインしたい。

とっとと準備を済ませよう。

とりあえず夕食を食べて、シャワーを浴びて、トイレを済ませればいいな。

「よし」

そうと決まれば、まずは夕食だ。

俺は立ち上がって壁にかかった内線電話でコンシェルジュさんに連絡する。

『御用でしょうか？』

すぐに俺のフロア担当のコンシェルジュさんである大城さんが呼び出しに出る。

「軽い夕食を三十分後に持ってきてもらっていいですか？」

『かしこまりました』

「お願いします」

内線電話を切ってから、タオルと着替えのパンツを持ってシャワーを浴びる。

シャワーを浴びてサッパリした後、新しいパンツを穿いてドライヤーで髪を乾かす。

「あー、スッキリした」

キッチンに行って冷たいお茶を飲んで涼んでいるとインターホンが鳴った。

「やべっ」

慌ててシャツを着てズボンを穿き、玄関の扉を開ける。

「お待たせしました」

扉の外には、相変わらず黒髪の綺麗な大城さんが食事ののったトレーを持って立っていた。

「ありがとうございます」

「中へお持ちします」

「あ、はい」

そう言って大城さんは部屋に入ってリビングのテーブルの上にトレーを置く。

「いつもより早いですね」

「え？　あぁ、ちょっとゲームを」

「そうですか。シャワーを浴びられたようなので洗濯物を持っていきます」

なんで分かったんだ。

「では失礼しました」

そう言って大城さんは俺のパンツとかが入ったカゴを持って部屋から出ていった。

「大城さんは相変わらず仕事人って感じだな」

ここに引っ越してきてそれなりに慣れたつもりだけど、まだ自分の洗濯物を大城さんのような綺麗な女性に運んでもらうのは慣れない。

なんでもやってくれるしな。

「金持ちって凄いわ……あ、俺も金持ちか」

そんなことを言いながら俺は大城さんが持ってきてくれた食事を食べて、トイレを済ませた。

時刻は十七時。

ちょうどいい時間だ。早速ＲＤＷにログインしよう。

俺は寝室に行ってベッドに寝転がり、ＶＲゲーム機の端末を装着。

スイッチを入れる。

「よーし、行くぞー。待ってろよ、アスラ！　ＲＤＷ、ログイン開始！」

意識が薄れていく――

「お？」

気が付くと俺は何処かに立っていた。

チュートリアルＡＩの言っていた通りなら、ここがシュツル王国の首都バリエのはずだ。

辺りを見てみる。

どうやらここは広場らしい。人がたくさんいる。八割くらいが青いマーカーのプレイヤー、残りが白いマーカーのＮＰＣだ。

「ん？　なんだ？」

そこで背中になにかが当たる感触。

振り返ると――


「グルゥ」

そこにはアスラがいた。鼻先で俺を突いたみたいだ。

「おお！　アスラ！」

俺は即座に両手でアスラの頭を撫でる。

「待たせて悪かったなー、ほれほれ」

「グルゥー」

全力で撫でてやるとアスラは気持ち良さそうに鳴く。

どうやらアスラは嬉しいらしい。

俺も会えて嬉しいぞ！

そうやってしばらく触れ合っていると、周囲から注目されているのに気が付いた。プレイヤーたちがこっちを見て驚いたり、ひそひそと話しをしたりしている。

ふふふ……いいだろういいだろう。俺のアスラは超カッコイイからな。注目を集めるのも当然だ。

そうやって優越感に浸っていると、アスラに鼻先で押される。

「グルゥ」

多分、早く行けって言ってるんだと思う。

「よし、じゃあまずは冒険者ギルドに行こう」

冒険者ギルドに行って、情報を集める。場所は既に調べてある。この街の中心にある広場だ。

「出発！」

「グルゥ！」

俺とアスラは冒険者ギルドを目指して歩きだした。


三十秒で着いた。

だってここが広場だし。

冒険者ギルドの前で建物を見上げる。木造三階建ての周囲よりも大きな建物だ。

しかし、いくら大きいといっても、アスラを中に入れていいのだろうか？

まぁ入れそうだからいいか。

「ここだ、入るぞ」

「グルゥ」

俺はアスラとともに、扉が開きっぱなしの冒険者ギルドに入る。すると、すぐにたくさんの注目を浴びる。

とりあえず気にせず中を観察。

入ってすぐにカウンターがあって、内側には何人かの女性のNPCが立っている。カウンターの奥には大きな掲示板と、奥へ続く通路……これは職員用の通路かな。

カウンターの横のスペースにはいくつものテーブルと椅子が置かれていて、たくさんのプレイヤーとNPCが席に着いてこちらを見ていた。

みんな静かだ。

俺はとりあえずカウンターに近付き、目の前の受付嬢だと思われるNPCに話し掛ける。

「おはようございます」

……。

反応がない。受付嬢は目を見開いて固まっている。

「あのー、おはようございます！」

「え、あ、はい！　おはようございます！」

さっきより大きな声で挨拶すると、やっと受付嬢は反応した。

「ここら辺のフィールドの情報を教えてもらえますか？」

「は、はい」

受付嬢は困惑しているような表情をしつつも俺に詳しく説明してくれた。

フィールドというのは主にモンスターが出現したり、資源が手に入ったりする場所のことで、森や平原といったさまざまな場所がある。中にはただの道だけというフィールドも存在するらしい。

この首都には東西南北にそれぞれ門があり、その先にモンスターがいるフィールドが遠く広がっている。

モンスターの強さはフィールドによって違う。

南はモンスターが一番弱くてレベルは1から5くらい。奥に行けば最大で15くらいまで上がる。ゲームを始めたばかりのプレイヤーはほとんどが南へ行く。南のフィールドの先にはヤートという街があるらしい。

東と西には20から40レベルくらいのモンスターが出現するが、それぞれ出現するモンスターは違う。

βテストではトッププレイヤーが東と西のフィールドボスを倒して、その先にあった街に行ったとか。

そして北のフィールドは、出現するモンスターのレベルが最低でも50と高く、βテストでは進めた者はいなかったようだ。

それぞれのフィールドにはフィールドボスが存在している場合があって、倒すと貴重なアイテムが手に入ったり、塞がれていた道が解放されて、その先の新たなフィールドや新たな街に行けたりする。

ただ、フィールドボスは一度倒したプレイヤーの前には現れないが、まだ倒していないプレイヤーの前には現れるので、新しいフィールドや街に行くには必ず倒さなくてはならないとか。

確かNPCに話を聞いたプレイヤーによると、北のフィールドの先にも街があるらしい。

「なるほど」

受付嬢に聞いた話は俺が調べたβテストの情報とあまり変わらなかった。どうやら正式サービスになっても、ここら辺に大きな違いはないみたいだ。

あとなにか聞いておきたいことはあるかな?

うーん……そうだ。ドラゴンの情報とかどうだろう。

いつかは新しいドラゴンをテイムしなきゃいけないし、なにより俺が会いたい。

聞いてみるか。

「ここら辺でドラゴンの情報はありますか?」

「ど、ドラゴンですか⁉　そう言われましても……」

受付嬢はアスラを見る。

「いや、そっちじゃなくて」

「あ、すみません。……そういえば北のほうでドラゴンを見たと聞いたことがあったような」

「北か……」

流石に北にいきなり行くのは厳しいよなぁ。

「ありがとうございました」

「はい」

とりあえず聞きたいことは聞けたので冒険者ギルドを出ることにする。

「アスラ行くぞ」

「グルゥ」

いまだに多くの視線を感じつつも俺はアスラと冒険者ギルドを出た。

「さて、どうしようか」

「グルゥ？」

アスラが俺を見て首を傾げる。

意外と可愛いな。

アスラも一緒に行くんだし、相談してみるか。

「北にドラゴンがいるかもしれないから本当は北に行きたいんだけど、いきなりは厳しいと思うんだ。だから、まずは初心者として南に行こうと思うんだけど、どう？」

「グルゥー」

アスラは首を縦に振って俺に鼻先を押し付ける。

どうやら俺の好きにしていいと言っているようだ……多分。

「じゃあまずは南に行くか！」

「グルゥ」

そう決めて移動しようとして、ふと思い出す。

「あ、そうだ。アスラちょっと待っててくれ」

「グルゥ？」

「先にやることがあったんだよ」

俺はメニューを開いて、ある項目に触れる。

それは【オオプ商店】。

オオプ商店はリアルマネーでアイテムが買える、いわゆる課金アイテムショップだ。

公式サイトに買えるものが載っていたのを見て俺は買おうと決めていたんだが、うっかり忘れるところだった。

開いたオオプ商店の項目から加護を選ぶ。すると、いくつかの加護が表示される。

加護というのは効果のひとつで、基本的にかかっている者に良い効果をもたらすものだ。その加護が、なんとオオプ商店ではいくつか販売されている。

といっても買える加護にはそれぞれ有効期限が存在するが。それでも強力だ。

俺の目当てはふたつ。

ひとつ目は【プレイヤー成長の加護】。

これはなんとプレイヤーのレベルアップする速度が上がるという加護。

しかも、この加護にはグレードがあり、四千円で一・二倍、八千円で一・四倍、一万二千円で一・六倍、一万六千円で一・八倍、二万円で二倍、三万円で三倍、四万円で四倍となっている。

有効期限は現実時間で一ケ月。

ふたつ目は【モンスター成長の加護】。

これはさっきの加護の使役モンスター版だ。グレードも有効期限も同じ。

本来、テイマーなどのモンスター使役系職業は貰える経験値がプレイヤーとモンスターで割られるので成長が遅い。しかし、この加護があればその問題はなくなるのだ。

もちろん俺は両方とも最高グレードの四万円の四倍を買った。

「よし、これで完璧」

メニューを閉じる。

「改めて、行くぞアスラ！」

「グルゥ！」

俺たちは南に向かって歩きだした。


「これは……多過ぎる」

南門を抜けて南の草原のフィールドにやって来たのだが……。

フィールドでは数多くのプレイヤーたちが、出現するモンスター相手に戦っていた。俺たちが戦う場所がない。

だが、まだＲＤＷが始まって一日も経っていないのだ。そう考えれば、この光景は当然だろう。

「困ったなぁ」

ここでレベル上げが出来ないとなると他の場所に行くしかないが……でもなぁ。

……ん？

困っているとアスラが鼻先で突いてくる。

「どうしたアスラ？」

アスラは南門の方に少し戻って振り返り、俺を見ながら首を南門のほうにクイっと動かす。その姿は、まるで「俺に付いて来い」や「あっちに行こう」と言っているように見えた。

もしかして……。

俺は足早にアスラに近付く。

「アスラ……もしかしてお前、北に行こうって言ってるのか？」

「グルゥ」

アスラは首を縦に振る。肯定の気持ちが伝わってくる。

「でも北は敵のレベルが」

「グルゥ」

アスラが俺を見つめる。

俺にはアスラが、問題ない任せろ、と言っているように思えた。

「アスラ……」

アスラが頼もしく見える。アスラの目を見ていると大丈夫な気がしてきた。

「そうだな……俺はまだお前の力を一度も見ていないんだ。それなのにお前が勝てないなんて思うのは勝手だよな。……行こうかアスラ。俺にお前の力を見せてくれ！」

「グルゥ！」

アスラの嬉しいという感情が少し伝わってくる。

俺の仲間を信じよう。きっとアスラなら大丈夫だ！

俺はアスラと共に北に向かって歩きだした。


北門を抜けて北のフィールドに出たが、そこは南のフィールドと違い、誰の姿も見えなかった。

「やっぱり誰もいないな」

「グルゥ」

ここのフィールドはほとんど草原だが、遠くに森が見える。そしてチラホラ見えるモンスターたち。

「いくか、アスラ」

気合を入れて、俺はマジックバッグから杖を取り出す。

「グルゥ！」

アスラも気合十分だ。

「まずは一番近い、あの緑色の狼からいこう」

俺は一番近くに見える大型犬くらいの大きさの緑色の狼を指差す。

マーカーは黄色、つまりこちらが攻撃しなければ襲ってこない中立モンスターだ。レベルは52
……やはり高い。

受付嬢に説明してもらったモンスターの情報通りなら、あのモンスターは【グリーンウルフ】。見た目通りの名前で、注意点としては風魔法を使ってくるところだろう。

俺とアスラはグリーンウルフに近付く。

「よし、アスラ。まずは【土魔法】でアイツを攻撃だ」

「ガァ！」

アスラが軽く吼えると、拳大の先の尖った土の塊が出現する。そして、それが高速でグリーンウルフに飛んでいき――突き刺さる！

「キャンッ！」

突き刺さった土の塊によってＨＰが四割ほど削れる。

「おお！」

50レベル以上も離れている相手にこんなにダメージを与えるなんて！

やはりアスラは強い！

しかし、グリーンウルフもやられているだけではない。

「ワン！」

グリーンウルフが吼えると、アスラに向かって薄い緑色をした拳大の塊が飛んでくる。

【風魔法】だ！

「スペースウォール！」

俺はアスラを守ろうとアスラの前の空間に壁を作る……が。

「くそッ！」

俺の作った壁は容易く突き抜けられる。やはり俺ではレベルが違い過ぎるようだ。

グリーンウルフが放った【風魔法】はアスラに直撃した！

「アスラ！」

慌ててアスラを見る。

「グルゥ」

しかし、アスラはなんともないかのようだ。

アスラのＨＰを確認してみる。

３２０／３５０
「え？」

いまのでたった30ダメージ？

マジ？

どう見ても、もっと強力な攻撃だったぞ。

「ちょ！」

俺はさらに驚いた。

何故ならアスラのＨＰがみるみる回復していっているからだ。

これが【母なる大地】の効果か？　強過ぎるだろ！

俺が驚いていると、いつの間にかグリーンウルフがアスラに近付き、噛み付いた！

「アスラ！」

今度こそヤバイと思ったのだが……ＨＰは３３０。

ええ？

「グルゥ！」

噛み付いているグリーンウルフに、アスラが右足を振り下ろす。

「キャン！」

グリーンウルフはそのまま倒れて消滅。

グリーンウルフが消滅した場所には、ドロップアイテムだと思われる牙が落ちていた。

「これマジ？」

いや、強いとは思っていたけどさ。

本当に？

「グルゥ？」

信じられない出来事に驚いていると、アスラがドロップアイテムを咥えて持ってきてくれた。

「あ、ありがとう」

受け取ってマジックバッグに仕舞う。

「アスラってこんなに強かったんだな」

「グルゥ！」

アスラは当然だと言うように答える。

まさか52レベルの相手をこんなに楽に倒せるなんて……いいのかなぁ。

「そういえば」

いまの戦闘でレベルが上がっているかもしれない。いや、流石に上がっているはずだ。

俺はステータスを開く。


＝＝＝＝＝＝＝＝＝＝＝＝＝＝＝＝＝＝＝＝＝＝＝＝＝＝＝

○名前：ドラゴン
○種族：【ドラゴニュートLV14】
○職業：【ドラゴンテイマーLV8】【時空間魔法使いLV5】
○スキル：【龍化LV1】【テイムLV6】【時空間魔法LV2】
○モンスター 1／1：【アスラ】

○称号：【ドラゴン狂い】
○ＨＰ：２２３／２２３
○ＭＰ：２９１／２９１
＝＝＝＝＝＝＝＝＝＝＝＝＝＝＝＝＝＝＝＝＝＝＝＝＝＝＝＝＝＝＝＝＝＝＝＝＝
＝＝＝＝＝＝＝＝＝＝＝＝＝＝＝＝＝＝＝＝＝＝＝＝＝＝＝＝＝＝＝＝＝＝＝＝＝
○名前：アスラ
○種族：【アースドラゴン（ユニーク）ＬＶ10】
○主：ドラゴン
○スキル：【アースブレスＬＶ１】【土魔法ＬＶ８】【母なる大地】
○ＨＰ：４２７／４２７
○ＭＰ：２６９／２６９
＝＝＝＝＝＝＝＝＝＝＝＝＝＝＝＝＝＝＝＝＝＝＝＝＝＝＝＝＝＝＝＝＝＝＝＝＝

「えぇぇぇ!!」

ステータス上がり過ぎぃ！

いくら成長の加護があるからって、モンスター一体でこれかよ！　もしここでモンスターを倒し続けたら……どうなっちゃうんだ？

気になる。

もしかしたら、すぐにモンスターを連れて歩ける数が増えるかもしれない。それに北にいるかもしれないドラゴンにも会えるかも……。

「アスラ……アレいける？」

俺は三体で固まっているグリーンウルフを指差す。

アスラは頷く。

マジか。

「じゃあ今度は【アースブレス】で」

「グルゥ」

アスラは三体のグリーンウルフに近付いていき――


「ガァァァァァ！」

口から茶色の粒子のようなブレスを放つ。

アスラが放った【アースブレス】は瞬く間に三体のグリーンウルフを飲み込み――後にはドロップアイテムの牙と毛皮だけが残った。

「もう驚くのに疲れたよ」

でも、ここまでくると気持ちがいい。ステータスが目に見えて上がっていくし、なにより大好きなドラゴンがカッコ良く無双してるのは俺的に最高だ。

こうなったら行けるところまで行きたい。

「よし！　どんどん行くぞ！」

「グルゥ！」

俺のテンションは最高潮だった。


その後、平原のグリーンウルフを倒しまくり、それでは飽き足らずに森に入ってモンスターを倒し続けた。森の中のグリーンウルフたちは最初からこちらと敵対していて、見つけるとすぐに襲いかかってくる。だが、ほとんどのモンスターはアスラが一撃で倒していくので関係ない。

余裕もあったので、ときたま俺のスキル上げのために時空間魔法のスペースウォールを使ってモンスターの攻撃を防ごうとしたりした。

そうやって森の中を進んでいると、アスラが急に立ち止まる。

「グルゥ」

俺はまたグリーンウルフが襲ってきたのかと思って周囲を見るが、なにもない。

「アスラ、どうし――」

バキバキッ！

「――ぐぅッ」

突然、森の奥から木や枝が折れるような音と小さな呻き声が聞こえてきた。

「なんだ？」

俺は気になってアスラとともに慎重に音が聞こえた方向に進む。

すると……。

「ぎゃああああああ!!」

今度はハッキリと悲鳴が聞こえた。

「なんだ⁉」

すぐに声の元に向かおうとしたが、思い留まる。

この先には、もしかすると俺が出会っていない強力なモンスターがいる可能性がある。なにも考えずに飛び出すのは危険だ。

それにしても――

「こんなところに俺以外の人が？」

まだサービス開始して間もないＲＤＷで、この北のフィールドにプレイヤーがいるとは思えないんだが……。

であればＮＰＣだろうか？

「うーん、気になるな」

確認はしておきたいが、どうしようか。

「グルゥ」

悩んでいるとアスラが俺を見て力強く頷く。

もしかして自分がいるから大丈夫だと言っているのだろうか。

「……確かにアスラがいればなんとかなるかも」

ここまでの戦闘でアスラはまったく苦戦をしていないし、いけるか？

「グルゥ！」

再び頷くアスラを見て俺は決断する。

「よし、見に行こう」

俺とアスラは音を立てないように慎重に森を進む。

「これは……」

そこには四人の人間とグリーンウルフ三体が戦闘している光景があった。

四人のマーカーは全部青。つまり全員プレイヤーだ。

「プレイヤーがこんな場所に……」

おそらくパーティーだと思うが、どうしてここにいるんだ？

それに見たところグリーンウルフたちに苦戦している。

グリーンウルフたちのレベルは60くらい。そのレベルのグリーンウルフに〝苦戦〟しているのだ。

それはおかしい。

何故ならばレベル60のグリーンウルフ三体に苦戦するようでは、この場所までやってこれるはずがないから。

「どうなっている？」

訳が分からない……分からないが、これは助けたほうがいいのだろうか？

だが、こういうオンラインゲームでは途中から戦闘に入ると、戦闘後に経験値やドロップアイテムでモメることが多い。どうしたものか……。

「ぎゃあああああ！」

「うわぁあああああ‼」

「きゃああああああ！」

俺が悩んでいるうちにも状況は進み、グリーンウルフたちに噛み付かれて三人のプレイヤーが光となって消える。

初めて見るが、あれがプレイヤーの死だろう。

今頃は死んだプレイヤーは街に戻っているんだろうな。

「どうする？」

このままじゃ残った最後のプレイヤーも死ぬ。

「……え？」

そこで初めて気が付いた。

残った最後のプレイヤーは少女だった。

あの少女が悲鳴を上げて死ぬ姿を思い浮かべて……。

「嫌、だな」

ならば助けよう。俺にはその手段がある。

「アスラ、俺があの少女に声を掛けたらグリーンウルフを倒してくれ」

「グルゥ！」

「よし、行くぞ！」

俺は木の陰から戦場へ飛び出した。

「……ッ⁉」

少女は突然現れた俺に、目を見開いて驚いているが、説明している暇はない。

「勝手だけど、助太刀する！　スペースウォール！」

俺はスペースウォールを発動させて少女とグリーンウルフの間に壁を作り、少女を背にする。

「グルゥ！　ガァァァァァァ‼」

次の瞬間、グリーンウルフたちの横っ腹にアスラが突進。吹き飛ばしてから【アースブレス】を放ち、グリーンウルフたちをまとめて消滅させた。

一瞬だな。やっぱりアスラはとんでもなく強い。

「大丈夫ですか？」

魔法を解除してから振り返って少女に声を掛けるが、少女は固まっていた。

まぁ突然の出来事だったし、仕方がないか。

改めて俺は少女を見る。

紫色の瞳に青いショートヘアで身長は150センチくらい。茶色い革装備で二本の剣を逆手に持って構えている。

双剣使いか。しかも逆手って……凄いな。

そうやって見ていると、少女が構えを解いて俺の顔をじっと見る。

「助け……ですか？　……です」

「そうです」

「ありがとうございます……です」

少女はペコリと頭を下げた。

「いえ、もっと早く助けに入れれば良かったんですが、ごめんなさい」

「大丈夫……です」

「そうですか」

大丈夫らしい。

「わたし、システィナっていいます……です」

「俺はドラゴンっていいます。それで」

えーっとアスラは……後ろにいた。

「こっちがアスラ」

「グルゥ」

「この子ってドラゴンですか？　……です」

「アースドラゴンっていう種族なんだ」

そう説明するとシスティナさんは目を輝かせる。

「凄い！　カッコイイ！　……です」

「もしかしてドラゴン好きなんですか？」

「はい！　……です」

それはもういい笑顔でシスティナさんは頷いた。

ドラゴン好きの同志か。

それにしても――

「システィナさん、敬語がツライならタメ口でいいですよ？」

さっきから独特の喋り方だし。

「普段からこんな感じなので気にしないでください……です。ドラゴンさんこそ、わたしに敬語もさん付けも要らないですよ……です」

「分かった」

どうやらシスティナちゃんは普段からこの独特な喋り方のようだ。

「けど、どうしてシスティナちゃんはこんな場所にいたんだ？　失礼だけど、システィナちゃんのレベルじゃここは厳しいだろ？」

システィナちゃんは表情を曇らせる。

「……実はこのフィールド調査にきてた……です」

「調査？」

「はい……です。この先になにがあるのか……です」

調査、か。

「でも、その調査はいまやらないといけないのか？」

「それは……」

俺の言葉にシスティナちゃんは俯いてしまう。なにか言いづらいことでもあるんだろうか？

「まぁいい。じゃあここまでどうやってきたんだ？　森にいるグリーンウルフは中立ではないから難しいはずだが」

「……わたしを含めた全員が隠密系の職業だったので……です」

なるほど。つまりここまで身を隠してきた訳か。

しかし、いくら身を隠してきたといっても、こんな場所まで辿り着くことは簡単ではなかったはずだ。

まだゲームが開始してそんなに時間が経っていないからレベルは低いと思うし……。

ということは、おそらくシスティナちゃんを含めた全員がかなりのＰＳ――プレイヤースキルを持っていたということなんだろうな。

「まぁこの話はここまでにしておこう」

「ごめんなさい……です」

申し訳なそうな表情でシスティナちゃんは謝ってきた。

「いいさ。誰だって話したくないことはある。それよりもここから街まで帰れる？」

「難しいかも……です。でも死に戻れば――」

「だめだ。せっかく助かったんだから。街までは俺たちが送る。アスラいいか？」

「グルゥ」

　アスラも賛成だ。

「でも……」

「俺たちも道中でレベル上げ出来るし、気にするな」

「ありがとうございます……です」


　そうして俺とアスラとシスティナちゃんは来た道を戻り、すんなりと街の北門に戻って来た。

「改めて、ありがとうございます……です」

「はは、気にしなくていいよ。レベル上げもできたしな」

「必ずお礼はします……です」

「分かったよ」

「……あと」

「うん？」

「アスラちゃんを撫でてもいいですか？　……です」

　システィナちゃんは躊躇いながらも、そう頼んできた。

「……ははは！」

やっぱり彼女は同志だ。

その後、システィナちゃんはアスラをしっかりと撫でてから街の中に消えていった。

だが、そこで気が付く。

「あ……フレンド登録しておけば良かった」

もう遅い。


それからまだ時間があったので、俺とアスラはレベルを上げるために森の中に戻った。

襲ってくるグリーンウルフを倒しながら森の中を進み続けていると、目の前に半透明な壁が立ち塞がる。

「これは……もしかしてフィールドボスか？」

「グルゥ？」

情報だとフィールドの中に半透明な壁があって、その中に入るとフィールドボスとの戦闘が始まるらしい。

いわゆるボスエリア。

ただし、フィールドボスと戦っている者が既に中にいる場合、他のプレイヤーは入れないらしい。

「えっと、この中に強いモンスターがいるってこと」

「グルゥ」

フィールドボスか。

ここまで順調にやってきたけど、流石にフィールドボスは厳しいんじゃないかなぁ。βテストではパーティーで戦うのが当たり前だったらしいし、ソロで倒したなんて情報はないし。

「どうしたもんか」

「グルゥ」

俺がフィールドボスに挑もうか悩んでいると、アスラが俺の初期装備の布の服を咥えて引っ張る。

どうやらアスラは戦いたいようだ。

「でもなぁ」

「グルゥ」

「うーん、まぁ負けたら負けたでそのときか」

「グルゥ！」

「行こう！」

考えてみれば、俺たちはソロじゃないもんな。……まぁ、いまのところアスラが無双してるだけだけど。

そんなことを思いながら、俺とアスラはボスエリアに入る。壁は抵抗なくすり抜けられた。

誰も戦っていなかったようだ。……そりゃそうか。

「グルゥ」

ボスエリアの中央には、アスラと同じ大きさくらいの白い狼が立っていた。

すぐにモンスターの頭の上に表示された情報を確認する。名前は……ウインドウルフか。初めて遭遇したモンスターだ。

レベルは80。いままでのモンスターの中では最高レベルだ。

「ガルルルルル」

ウインドウルフは唸りながらこちらを睨みつけている。

完全にこっちをヤル気だ。

「グルゥゥ！」

だが、やる気ならアスラも負けてない。

「ワオォォン！」

先に動いたのはウインドウルフだ。

ウインドウルフが吼えると、サッカーボールくらいの大きさの、緑色をした風魔法の塊が三つも空中に出現する。あれをくらったら俺じゃ耐えられないかも。

「来るぞ、気をつけろ！」

「グルゥ！」

ウインドウルフの風魔法が俺に向かってひとつ、アスラにふたつ飛んでくる！

「くっ！」

俺は横に跳んでなんとか風魔法を避ける。

「いてっ……アスラは？」

アスラのほうを見ると、いつの間にかウインドウルフがアスラに飛びかかっていた。

「アスラ⁉」

ウインドウルフはアスラの脚の付け根に噛み付くが、アスラはその攻撃に怯まず、逆に前足で攻撃し返す。アスラはウインドウルフを前足で押さえつけ、ウインドウルフはアスラに噛み付いていて、両者とも動かない。

「いまだ！」

俺は立ち上がり、杖を左手に持ち直してウインドウルフに向かって走る。

ここはチャンスだ！　俺のとっておきを叩き込んでやる！

「龍化！」

俺の右手が龍化していく。

ＭＰがなくなる前に！

「うおおおおお！」

ウインドウルフの胴体に龍化した右手を叩き込んだ！


ドカッ！

ウインドウルフのＨＰが全体の一割ほど削れる。

俺でも攻撃が通る……ならッ！

「アスラ！　そいつをしっかり押さえておけよ！」

「グルゥ！」

俺は連続して右手で攻撃する！

「ギャン⁉」

「オラオラオラ！」

五回追加で攻撃したが、とうとうＭＰがなくなったのか、右手が元に戻る。

しかし、ウインドウルフはアスラから口を離していた。

「よし、アスラ！　そいつにトドメだ！」

「グルゥゥゥゥゥ、ガァァァァァ‼」

アスラはウインドウルフを強引に吹き飛ばしてからアースブレスを放つ！

「キャウゥゥ……」

ウインドウルフはアスラの口から放たれた茶色い粒子のような【アースブレス】に飲み込まれ、悲鳴と共に消えていった。そしてアースブレスが消えると、地面には毛皮と牙や緑色の石などが転がっていた。

「お？　おおおおお！　よっしゃあああ‼　やったぞ、アスラ！」

あまりの喜びに俺は全身でアスラに抱きついた。

「グルゥ！」

アスラも嬉しそうだ。喜びが伝わってくる。

《タイバの森のフィールドボスが倒されました。これによりウスルの街と転移陣が解放されます。

ただし、転移陣は一度行った街でしか使用で出来ません》

「ん？」

アスラと喜んでいると、アナウンスが流れた。

これはワールドアナウンス。

ＲＤＷにログインしている全プレイヤーに聞こえるものだ。

つまり――バレた。


「あ、やべ」

第四章　北の街ウスル

ワールドアナウンスで、この北の森――タイバの森のフィールドが攻略されたことが他のプレイヤーたちに知られてしまった。

てか、フィールドを攻略したらワールドアナウンスが流れることを知ってはいたが、どんどん上がっていくレベルと、アスラと共にモンスターを倒していく感覚が気持ち良くて、すっかり忘れていたわ……。

「これ、まずいよなぁ」

「グルゥ？」

どう考えても、ゲーム内時間一日で最低レベル50のフィールドを攻略するなんて早過ぎる。βテストでさえ、トッププレイヤーがレベル40台だったはずだもんな。

完全に失敗した。

「グルゥ」

「おお、ありがとう」

アスラが俺に頭を擦り寄せて慰めてくれる。

優しい奴だ。

……ん？

そういえば、さっきのアナウンスは……もしかして！

もう一度さっきのワールドアナウンスを思い出してみよう！

確か《タイバの森のフィールドボスが倒されました。これによりウスルの街と転移陣が解放されます。ただし、転移陣は一度行った街でしか使用出来ません》だったよな。

やっぱりそうだ！

このワールドアナウンスでは、誰がタイバの森を攻略したかまではアナウンスされていない。

これなら自分から名乗り出なければ、しばらくはバレないぞ！　まぁいつかはバレると思うがいまではない。

幸いにもこのフィールドの先にウスルという街があるみたいだから、そこを拠点にしばらく活動すればいい。

いいアイデアだ！

「よしっ！　そうと決まれば、このフィールドをとっとと抜けてウスルの街に行くぞ！」

「グルゥ」

そう決意した俺の服をアスラが引っ張る。

「ん？　なんだアスラ？」

「グルゥ」

アスラは首を振って地面を指す。

そこにはフィールドボスだったウインドウルフのドロップアイテムが落ちていた。

「あ！」

ドロップアイテムのこと忘れてたわ。このフィールドを抜ける前にレベルの確認やドロップアイテムの確認をしておかないとな。

「アスラありがとう。助かったよ」

「グルゥ」

「アスラは頭がいいな」

アスラを撫でながら褒めると、アスラの喜びが伝わってくる。

愛い奴め！

とりあえずレベルを確認しようか。


＝＝＝＝＝＝＝＝＝＝＝＝＝＝＝＝＝＝＝＝＝＝＝＝
○名前：ドラゴン
○種族：【ドラゴニュートLV64】
○職業：【ドラゴンテイマーLV47】【時空間魔法使いLV11】
○スキル：【龍化LV3】【テイムLV23】【時空間魔法LV8】
○モンスター１／２：【アスラ】
○称号：【ドラゴン狂い】
○HP：１３８６／１３８６

○ＭＰ：１１８４／１４７５
＝＝＝＝＝＝＝＝＝＝＝＝＝＝＝＝＝＝＝＝＝＝＝＝＝＝＝＝＝＝＝＝
＝＝＝＝＝＝＝＝＝＝＝＝＝＝＝＝＝＝＝＝＝＝＝＝＝＝＝＝＝＝＝＝
○名前：アスラ
○種族：【アースドラゴン（ユニーク）ＬＶ60】
○主：ドラゴン
○スキル：【アースブレスＬＶ19】【土魔法ＬＶ25】【母なる大地】
○ＨＰ：２５３１／２５３１
○ＭＰ：１３９０／１３９０
＝＝＝＝＝＝＝＝＝＝＝＝＝＝＝＝＝＝＝＝＝＝＝＝＝＝＝＝＝＝＝＝

相変わらず、凄まじいステータスの上がりっぷりだな。

種族レベルは俺もアスラも60の到達。俺はＨＰもＭＰも１０００を超えちゃってるし、アスラなんてＨＰは２５００を超えてる。

よく見たら俺の連れて歩けるモンスターの数がひとつ増えている……嬉しい。このままレベルが上がっていけば、異次元にドラゴンの楽園が作れる日も近いかも。

……まぁ、いまはアスラしかいないけどな。

さて、次はウインドウルフのドロップアイテムだ。

ドロップしたアイテムは牙と毛皮と緑色の石。牙と毛皮は分かるが、この緑色の石はなんだろうか？

おそらく貴重なものだとは思うけど……街に持って行って調べるしかないか。

……いや、名前を調べるだけならマジックバッグに入れてリストに出せば分かる。

まぁ街に持って行けば分かるからいいか。

でも――

「問題はマジックバッグだよなぁ」

俺のマジックバッグは容量が四十しかなく、ここに辿り着くまでに倒したグリーンウルフのドロップアイテムで既にいっぱいだ。

しかも、容量いっぱいで拾わずに泣く泣く捨ててきたものもかなりある。

出来ればマジックバッグの中身を捨てたくはないが、ウインドウルフのドロップアイテムはグリーンウルフのものより貴重そうだしな……。

「うーん。なんとか持って行けないか」

俺が牙と緑色の石を脇に抱えて、アスラの背中に毛皮を乗せて行くか？

出来るかな？

「アスラ、ちょっと背中にこの毛皮を乗せてもらえないか？」

「グルゥ」

どうやらいいらしい。

俺はアスラの背中に毛皮を上手く乗せる。

なんとか乗ったな。

なんかちょっとカッコイイし。

「じゃあ行くか」

「グルゥ」

俺は牙と緑色の石を脇に抱えて、アスラと一緒にボスエリアを抜けていく。


少し歩くと森が途切れて視界が広がった。

「あれがウスルの街か」

壁に囲われた街が見えてくる。

やっぱり首都であるバリエよりは小さい気がする。

「とっとと街に入ろう」

「グルゥ」

俺とアスラは足早にウスルの街に近付いていく。そして何事もなく門に辿り着き、街に入った。

すると、街の中にいる人々がアスラを見て、驚きの表情を浮かべる。

相変わらず、アスラは注目の的だな。

そう思いつつ辺りを見回す。

やっぱりプレイヤーの姿は何処にもない。みんなNPCだ。

「ふぅ……」

とりあえず、冒険者ギルドに行き、情報を聞いてドロップアイテムを売るか？

それとも武器防具屋に行ってドロップアイテムを売ろうか？　どっちが高く売れるんだ？

分からないな。

あるいは鍛冶屋かなんかの職人のところに行って、このドロップアイテムで装備を作ってもらうか。出来れば時空間魔法向けの装備が欲しいんだけど、流石に手に入らないだろう。本当は生産職プレイヤーに作ってもらうのが一番なんだけどな。

いや、そういえば俺、ゲーム内で使用する金がなかったわ。

RDWは普通のRPGみたいにモンスターが金をドロップしないんだよなぁ。もしかしたらドロップするモンスターもいるかもしれないが、俺は知らない。

「うーん」

迷ったら冒険者ギルドに行けばいいか。でも、よく考えたらこの街の冒険者ギルドの場所を知らないわ。誰かに聞くか。

とりあえず一番近くに立っているNPCの男性に聞くことにする。

「あのー、すみません」

声を掛けるとNPCの男性はビクッとする。このNPCも例に漏れずアスラに驚いている。

まさか逃げていったりしないよな？

「な、なんだ？」

良かった。ちゃんと反応してくれた。

「この街の冒険者ギルドって何処にありますか？」

「ぼ、冒険者ギルドか？　それならこの大通りを真っ直ぐ進めばいい。あとは見れば分かると思うぞ」

NPCは今立っている大通りの先を指差してそう答えてくれた。

「ありがとうございます」

「あ、アンタ、スゲェな」

うん？　なんだろう。

「アンタが連れているのってドラゴンだろ？」

「あ、はい。アースドラゴンのアスラです」

「グルゥ」

アスラが俺の横に来て鳴く。

「多分、よろしくって言ってます」

「お、おう。よろしく……てかネームドモンスターかよ。ますますスゲェな」

本当はネームド＋ユニークモンスターなんだけどな。黙っとくか。

「やっぱりドラゴンって珍しいですかね？」

「そりゃそうだ。一般人からしたら、ドラゴンなんて一生に一度も見ないのが普通だぞ」

やっぱり珍しいんだな。

そういえば、ドラゴンの情報があったけど、この人知ってるのかな？

「北でドラゴンを見たって聞きましたけど？」

「あー、なんか聞いた気がするな」

随分ゆるいな。そのドラゴンって人を襲わないのか？

「逃げたりしないんです？」

「そう言ってもなぁ。まぁそういうのは冒険者ギルドや国の仕事だから逃げろと言われるまではこの街にいるさ」

そんなもんなのか。

「だからドラゴンのことを詳しく知りたいなら、冒険者ギルドに行って聞いてくれ」

「分かりました」

やっぱり冒険者ギルドだな。

「引き止めて悪かったな」

「いえ、大丈夫ですよ。ではまた」

「おう」

「グルゥ」

俺とアスラはＮＰＣの男性に別れを告げて冒険者ギルドに向かって歩きだす。

それにしてもＲＤＷって凄いな。普通の街の人すらあんなに人間っぽいなんて。ＡＩ発達し過ぎだろ。

サーバーとかどうなってんだろ？　いつかゼーネロウ社の見学とかしてみたいなぁ。

そんなことを考えながら大通りを歩いていると、すぐに冒険者ギルドらしき建物が見えてくる。

結構近かったな。

「入るか」

「グルゥ」

アスラと一緒に冒険者ギルドに入る。

すると、ここでも視線が俺たちに集まる。俺は気にせず中を見回した。

中は首都バリエの冒険者ギルドとあまり違いはない。カウンターに受付嬢がいて、掲示板があって冒険者がいる。

何処の冒険者ギルドもこんな感じなのかね。

とりあえずカウンターに近付いて受付嬢に話し掛けることにする。黄色い髪が印象的な女性だ。

「こんにちは」

「ド、ドラゴン⁉」

いや、確かに俺の名前はドラゴンだし、ドラゴンも連れているけどさ。第一声がそれかよ！

「このドラゴンは俺の使役モンスターなんで安心してください」

「なんだ、そうですか」

驚いていた黄色い髪の受付嬢は俺の言葉を聞いてすぐに落ち着いた。

切り替え早いな⁉　……とりあえず名乗っとこうか。

「初めまして、ドラゴンです」

「……これはどうも。私はこの冒険者ギルドの受付嬢です」

いや、そりゃ見れば分かるわ！　てか、少し固まったけど俺の名前にはツッコまないんだ。

「それで今日はどの様なご用で？」

「とりあえずこの周辺のフィールド情報を教えてください」

「分かりました」

受付嬢によると、ここウスルの街も東西南北に門があって、それぞれのフィールドに繋がっているようだ。

南は俺たちが来た森。東と西は平原でモンスターレベルは70ほど。北は山でここ周辺ではモンスターのレベルが一番高く、90以上らしい。

「ありがとうございます」

「他に聞きたいことはありますか？」

「北でドラゴンを見たって聞いたんですけど、なにか知りませんか？」

受付嬢はアスラを見た。

「いや、こっちじゃなくて」

次に受付嬢は俺に視線を移す。

「こっちでもないですよ！」

「冗談ですよ」

冗談かよ⁉　なんかこの受付嬢、ノリが分かりづらいな。

「確かに北の山の頂上付近の上空を飛んでいたドラゴンを目撃したという情報がありますね」

やった！　ここにきて正解だった！

どうやらアスラとは違うタイプの空を飛ぶドラゴンだ。なんとかして使役モンスターにしたいな！

……でも、北の山ということはレベル90以上か。流石に今の俺とアスラでは厳しいかもな。いや、アスラなら大丈夫かもしれないけど、俺がヤバイ。

まぁアスラの後ろで援護に徹していれば、なんとかなるかなぁ……なるといいなぁ。

受付嬢は喜んだり悩んだりしている俺を不思議そうに見ながら口を開く。

「あとはなにかありますか？」

「あ、ドロップアイテムを手に入れたんですけど、なんのアイテムか分からないんで見てもらっていいですか？　あとドロップアイテムって冒険者ギルドと武器防具屋では売る値段が変わりますか？」

「分かりました。とりあえずアイテムを見せてもらえますか？」

「これです」

俺は脇に抱えていた緑色の石をカウンターの上に置いた。

ふぅ、楽になった。

「これは風鉱石ですね」

「風鉱石？」

知らないな。事前情報でも見たことがない。

「風鉱石は、風の効果がある武具や防具などの装備を作ることが可能なアイテムです。たとえば杖に使えば風の魔法が強くなったりしますし、防具にすると風の属性に耐性が付いたりしますね」

なるほど。鍛冶などの製作関係のアイテムか。

「分かりました」

「はい。それでドロップアイテムの値段ですが、普通に売るならば、冒険者ギルドも武器防具店も値段は変わりませんね。どちらも適正価格です」

「はい」

「ただ、冒険者ギルドで特定のドロップアイテムの納品などの依頼があった場合、達成出来れば適正価格以上の報酬を手に入れられることもあります」

はぁー。そういえば冒険者ギルドの依頼なんてものもあったんだったな。すっかり忘れてた。

受付嬢の後ろにある大きな掲示板を見るとさまざまな依頼が貼ってある。

よく見るとグリーンウルフの毛皮と牙の納品依頼もあるな。

ちょうどいい、納品しとくか。

「分かりましたか？」

「はい。ありがとうございます。じゃあグリーンウルフの牙と毛皮の納品依頼を受けます。ちょうど二十個ずつ持っていますので」

「分かりました。ただ、いまはグリーンウルフの牙五個の依頼と毛皮五個の依頼がひとつずつしか出ていないのです。すみません」

あ、そうなのか。無限に受けられる訳じゃないのな。

じゃあ残りのグリーンウルフの素材は邪魔だし、売っちゃうか。

「残りの素材は売ります」

「はい。では、カウンターの上にアイテムを出してください」

俺は受付嬢に言われた通りに、マジックバッグからグリーンウルフの牙と毛皮を取り出してカウンターに置いた。

「はい、確かに。依頼報酬は合計で十五万Ｒ。通常買い取り合計が三十六万Ｒで合わせて五十一万Ｒです」

カウンターの上に受付嬢がＲＤＷの通貨【Ｒ（リム）】を置く。俺がそれに触れると消えていき、ちゃんとメニュー画面に五十一万Ｒと表示された。

一文無しから結構なお金持ちになったのではないだろうか。これだけあればいい装備が買えるだろうし、街の職人に作ってもらってもいい。

なんせいまの俺の装備は初期装備だしな。

俺は自分の姿を見下ろす。

うん、おっさん村人って感じだ。

そんなことを考えていると、受付嬢がカウンターの上の風鉱石を見た。

「風鉱石は売りますか？」

「あ、風鉱石は持っておきます」

ウインドウルフのドロップアイテムは貴重そうだし、武器や防具の製作に使えるだろうから取っておこう。

俺は容量が空いたマジックバッグに牙と風鉱石を入れる。

「アスラ、ありがとう」

「グルゥー」

アスラにお礼を言ってから背中の毛皮を取ってそれも仕舞った。

これで冒険者ギルドでやるべきことは終わりかな？　次は装備を調えに武器屋か防具屋、それに武器や防具を製作出来る職人がいるところにも行ってみようか。

「最後に武器屋か防具屋、あと装備を製作出来る職人さんのいる場所を教えてもらえますか？」

「それならこの街にはいい場所がありますよ。職人さんが直接販売している武器防具屋がここを出て左のほうにあります。店名は【ゴラの武具】です」

それはちょうどいいな。一回で装備を揃えられそうだ。

「ありがとうございます。行ってみますね」

「はい」

「では」

俺とアスラは冒険者ギルドを後にした。


「左だったよな」

「グルゥ」

受付嬢に言われた通りに進んでいると、剣と盾の絵が描かれた看板を掲げている建物を発見する。

「あれっぽいな」

あの看板で食堂だったりはしないだろ。

近付いてみると看板に【ゴラの武具】と書いてある。

やっぱり目的の店だな。

早速中に入ろう、といきたいところだが――


「流石に無理だよなぁ」

「グルゥ……」

【ゴラの武具】の建物は冒険者ギルドほどの大きさはなく、どう見てもアスラが入れそうではない。

仕方がない。アスラには店の前で待っていてもらうか。

「すまん、アスラ。ちょっとここで待っていてくれるか？」

「グルゥー」

アスラの頭を撫でて謝ると、アスラは頭を俺の体に擦り寄せてきて、気持ちが伝わってくる。

大丈夫って言ってくれているんだろう。

「ありがとう、アスラ。じゃあ行ってくるよ」

「グルゥ」

しかし、アスラの撫で心地は最高で、この撫でる手を離すのがキツイ。

そんなこと思っていると、アスラのほうから離れて鼻先でチョンと俺を突いた。

「ごめんごめん。今度こそ行ってくる」

「グルゥー」

名残惜しいけど、アスラと別れて俺は【ゴラの武具】に入った。

中に入るとさまざまな武器と防具が置いてあった。

カウンターには身長の低い女性が入り口に背を向けて立っている……多分ドワーフだよな？

「すみません！」

「あら、いらっしゃいませ」

女性が振り返る。見た目は若い女性だ。

うーん。

女性って、見た目だけじゃドワーフかヒューマンなのか分かりにくいんだよな。

まぁ、どっちでもいいか。

「ここは製作職人さんが直接やっている武器防具屋ですかね？」

「はい、そうですよ」

やっぱりこの店で合っていたようだ。

「俺はいちおう冒険者の、ドラゴンと言います」

「あら、ご丁寧にどうも。私はこの店を夫婦でやっているアラと言います」

マジか。

若く見えるから、もしかしてこの店の娘さんかと思ってたわ。そういえば、ドワーフの女性って若く見えるんだっけ？

「それにしてもドラゴンさんって珍しいお名前ですね。もしかして【夢追い人】の方ですか？」

「そうです」

夢追い人っていうのはNPCがプレイヤーのことを指して言う呼び名らしい。

何故、夢追い人なのかは俺は知らない。

事前の情報でこのことを知っていたが、初めて聞かれたな。

「やっぱり！　この店に夢追い人さんが来るのは初めてだわ。お会いするのも初めてですけど」

そりゃ、まだプレイヤーは誰もこの街に辿り着いていないから会わないだろう。……いや、でも首都バリエに行けば会えるか。

そういえば、NPCって転移陣は使えるのかな？

「それで、この店には製作依頼に？」

「あー、それはちょっと考え中なんですけど、とりあえず装備を調えに来ました」

「そうなんですか。それなら主人を呼んできますね」

そう言ってアラさんは店の奥に入っていった。

しばらく待っていると、背が低くて髭を伸ばした、いかにもドワーフな男性がアラさんと一緒に出てくる。

ドワーフの男性は俺を上から下まで見ると、口を開く。

「おめぇが夢追い人のドラゴンって奴か」

「はい」

「俺はこの店の主人のゴラだ」

「初めましてドラゴンです」

ゴラさんは職人って感じだな。

「それでおめぇは装備を調えに来たんだって？」

「はい」

「ふーむ」

ゴラさんは再び俺の全身を上から下まで見る。

「おめぇは後衛か？」

「基本は後衛ですが、状況によっては前に出ます」

「……職業は」

「ちょっと貴方、いきなり職業を聞くのは失礼でしょう？」

「いや、大丈夫ですよ。俺はドラゴンテイマーと時空間魔法使いです」

「まぁ！」

「なにっ⁉」

ゴラさんとアラさんは目を見開いて驚いている。

やっぱりＮＰＣにとっても珍しい職業なんだな。

「……そりゃ珍しい。ドラゴンテイマーってのは知らねぇが、時空間魔法使いなんて国が抱えるレベルだぞ」

時空間魔法使いって国が抱えてるのか。

「ドラゴンテイマーっていうのは名前からしてテイマー系かしら？」

「はい。ちなみに使役しているモンスターはアースドラゴンです」

再びふたりは目を見開いて固まる。

「おめぇ……それが本当ならトンデモねぇ奴だな」

「外にいますけど見ます？」

「それは後でいい。それよりも……おめぇ、ヒューマンじゃねぇだろ？」

「え？」

ゴラさんに一発でヒューマンじゃないとバレた。

凄いな。いまの俺の姿はヒューマンと比べて目の変化くらいしか違いがないのに分かるなんて。

実際、アラさんのほうは気が付いてなかったようだ。

「よく分かりましたね？　俺はドラゴニュートです」

「はぁぁ」

ゴラさんは大きく息を吐く。

「ドラゴニュートなんて名前、久々に聞いたぞ……夢追い人ってのは皆こんなに珍しい奴ばかりなのか？」

「いや、大体は普通だと思いますけど」

多分。

他のプレイヤーのことは、まだよく知らない。

「じゃあアースドラゴンに前衛を任せて、おめぇが時空間魔法で後ろから援護か？　……いや前衛もやるんだよな？」

「はい。ドラゴニュートの奥の手のスキルを使って敵を殴ります」

「なるほどな」

「ただ、時空間魔法に関しては、まだ上手く使えてないので、壁を作ったり、少し速く動いたりするくらいしか出来ません。ＭＰもすぐになくなりますしね」

「なんだ？　おめぇ、時空間魔法使いになったばかりなのか？」

「そうです」

「ふーむ」

ゴラさんは髭に手を当てて考え始める。

「なら防具は動きやすくて軽い革でいいな。装備の予算は？」

「五十万Ｒくらいで。あと素材を持っているんですけど」

「見せてみろ」

　マジックバッグから毛皮と牙、風鉱石を取り出してカウンターに置く。

「うーむ。この毛皮だけじゃ胴の防具しか作れねぇぞ？」

　まぁ胴だけでも作れるならいいか。

「あとこの風鉱石って使えます？」

「使えなくもねぇが、これに使ってもあまり意味がない。いまは取っておいたほうがいい」

「分かりました」

「値段は二十万Ｒってとこか」

「高っ！」

　胴の防具ひとつ作るので二十万Ｒかよ。

「おめぇ、なに言ってんだよ。武器防具なんて高いのが当たり前だろうが。命を預けるモンが安物でいい訳ないだろ？」

　確かにゴラさんの言う通りだ。

「それにウチの店で一式揃えるつもりなら五十万Ｒなんて消し飛ぶぞ」

　マジかよ。

　もしかして、ここって凄いお店なんじゃ？

「それで、どうする？」

もちろん防具はないよりもあったほうがいい訳だし、作ってもらうか。

「じゃあ、お願いします」

「分かった。他に防具を買うか？　それとも武器を選ぶか？」

防具はあるし、武器を買ったほうがいいかな？

俺は初期装備の杖をマジックバッグから取り出す。

「いまはこれを使っているんですが」

「なんで時空間魔法使いがそんな玩具を使ってるんだよ。防具はいいから武器を買え」

「確かにそれは酷いわねぇ」

玩具って。これ、そんな駄目なのか。

まぁ……初期装備だしな。

「じゃあ、俺は裏で防具を作ってくる。アラ、頼んだ」

「はい」

「え？」

武器もゴラさんが選んでくれるんじゃないのか？　なんでアラさん？

「杖とか魔法関係はカミさんの担当なんだよ」

「もしかしてアラさんも職人さん？」

「そういうことよ」

そりゃ凄いな。夫婦で職人なのか。それなら幅広くやれるもんな。

「じゃあ頼んだ」

ゴラさんはそう言って店の奥に入っていった。

「じゃあドラゴンさんの武器を選びましょうか」

「はい、お願いします」

「といっても私の中ではもう決まっているんですけどね」

「そうなんですか？」

「ええ。ドラゴンさんは前衛もやるということですので、杖よりも邪魔にならない、両手が空く魔法発動体がいいと思うのよね」

確かに両手が空くのはありがたい。

「それで、いまちょうどウチの店に時空間魔法使い向けの装備があるんですよ」

「本当ですか！」

時空間魔法はとても珍しいと聞いていたから、時空間魔法向けの装備なんてしばらく手に入らないと思っていたんだけど。

「本当は昔、夫と私が試しで作って、売れずに残っていたものなんだけどね」

「はぁ」

試しでそんなもの作れるなんて、やっぱりこの店凄いのでは？

「ちょっと待っててくださいね。すぐに持ってきます」

そう言ってアラさんは店の奥に入ると、すぐに木の箱を持ってきた。

「これよ」

アラさんは俺に見えるように持ってきた箱を開ける。

「これは……輪？」

箱の中には白い輪っかが入っていた。

一体これはなんだろう？

「これは腕輪型の魔法発動体ですよ。この腕輪は時空間魔法の発動を補助してくれて、ＭＰの消費が少なくなります」

「おお！」

それは凄い！

魔法の補助にＭＰ消費が少なくなるって、かなりレアな装備だ！

でも――

「腕輪にしてはちょっと小さくないですか？」

そう。この腕輪はまるで幼い子供の腕に通るくらいの大きさで、俺の腕には通りそうにない。

「あはは！　大丈夫ですよ！　この腕輪にはサイズ自動調整の効果がありますから」

「サイズ自動調整？」

初めて聞く効果だ。事前情報にもなかったはずだ。

「装備する人の大きさに、装備が合わせてくれるんです」

「えぇ⁉」

「試しに装備してみましょうか。腕を出してください」

「は、はい」

俺は右手をアラさんに向けた。アラさんは白い腕輪を箱から出して俺の腕に通そうとする。

すると、なんと腕輪がいきなり大きくなって、俺の手を通すと、手首でまた小さくなってピッタリとはまった。

「凄い……。こんな効果、聞いたことない」

「あはは！　大袈裟ですよ。それなりのお店ならサイズ自動調整の効果がある装備くらい置いてあります。まぁ、時空間魔法の装備は流石にないと思いますけど」

アラさんは少し誇らしげにそう言った。

やっぱり凄いお店でしょ、ここ。こんなのいつになったらプレイヤーが作れるようになるんだよ？

……こうなってくると、気になるのはこの腕輪の値段だ。

「この腕輪って一体いくらなんですか？　流石に三十万Rじゃ買えないですよね？」

「うーん。確かに普通だったら三十万Rじゃ買えないですけど、普通に売っても売れないですからね。私としては使ってくれる方が買ってくれるのが一番なので、三十万Rでお売りしますよ」

「いやいや！　流石にゴラさんとアラさんに悪いですよ！」

アラさんは俺の言葉を聞いてニコニコ笑う。

「あはは！　いいのよいいのよ！　夫も私と同じ考えだから私に任せたのよ。ドラゴンさんは遠慮なんてしなくていいわ」

そう言ってくれるのはありがたいし、ぶっちゃけ凄く欲しい。

でも、本当にいいのだろうか？

「それにドラゴンさんのパートナーのためにも力はいるでしょ？　いつまでもその杖って訳にはいかないじゃないですか」

アスラのため……。

確かに今の俺はアスラの後ろに隠れているだけだ。

俺の理想。

戦闘ではアスラと肩を並べて戦うこと。そのためには……確かに力が必要だな。

「はぁ……分かりました！　買います！」

「はい。ありがとうございます」

「いつかこのご恩は返させてもらいますね」

「あはは！　待ってますよ」

「……ちなみにこの腕輪って本当はいくらなんですか？」

「耳を貸して」

アラさんが耳元で小さな声で言った。

……いつか恩返し出来るかなぁ……出来るといいなぁ。

アラさんが俺に教えてくれた腕輪の値段は、今の俺ではどう足掻いても払えるものではない。

値段を聞いて少し不安になった。

それにしても、ＲＤＷのＮＰＣって本当に人間っぽくて——いい人たちばかりだ。

俺にはゴラさんやアラさんたちが、ただのＡＩには思えない。

だって、いま俺の胸はとても温かいんだ。

「じゃあ、その杖は私が処分しておきますね」

「……お願いします」

俺は左手に持っていた初期装備の杖をアラさんに手渡す。すると、店の奥からゴラさんが、作った装備らしきものを持って現れた。

「おう、出来たぞ」

出来るの早いな。ここら辺はゲームなんだな。

そこでゴラさんは俺の腕を見る。

「やっぱりおめぇはそれを選んだか」

「分かってたんですか？」

「まぁな。ウチのカミさんなら絶対におめぇにそれを選ぶと思ってた。どうせ値段はおめぇが払える三十万Ｒだろ？」

一発で分かるのか。そこら辺、夫婦なんだなぁ。

「とりあえずおめぇ、これを着てみろ」

ゴラさんはそう言って、持っていた白い胴の装備を手渡してきた。見た目はちょっとベストっぽい。俺はそれを初期装備の服の上から着てみる。

うん。いい感じだ。

大きさもピッタリだし、軽くて着心地もいい。

「少しは見られる姿になったな」

「これ、いいですね。着心地もいいし、サイズもピッタリだし」

「ふん、俺が作ったんだから当たり前だろ。まぁサイズ自動調整はおまけで付けているがな」

「そうなんですか？」

「あぁ。というよりおめぇがこれから装備するものは全部、サイズ自動調整が付いているほうがいいんじゃねえか？」

どういうことだ？

「俺はあまりドラゴニュートについて知らねぇが、おめぇの力ってのは自身を変化させるものだろ？」

「そうです」

「なら普通の装備だと変化出来ないかも知れねぇし、下手したら防具が壊れるぞ」

「あ！」

そうだ。言われてみればその通りだ。普通のゲームなら問題ないだろうけど、ＲＤＷだからなぁ。

確かにその可能性はある。初期装備が半袖だったため、いままで問題なく龍化出来てたから気が付かなかった。

「ったく。その顔じゃ気が付いてなかったみたいだな」

「はい。ありがとうございます」

「まぁ、そういうことだ。サイズ自動調整なら、お前の変化した姿に合わせて大きくなったりするだろ。といっても、要らない装備は外してから変化するのが一番だからな？　気を付けろよ」

「はい」

ゴラさんの言う通り、気を付けよう。

「あと、大丈夫だと思うが、サイズ自動調整にも限度がある。あまりにも大きく変化する場合は装備を外しておけ」

あー。限界もあるのか。注意しておこう。

「じゃあ金を出せ。五十万Rちょうどでいい」

「はい」

俺は五十万Rを取り出してカウンターに置く。

「はい、ちょうどですね」

「ありがとうございます」

「こちらこそ、ありがとうございました。また来てくださいね」

「はい。また来ます。では」

「ふんっ。金が出来たらまた来い」

「必ず」

俺はまた必ずこの店に来ようという思いを胸に、ゴラさんとアラさんに見送られて店を出た。

【ゴラの武具】を出ると、アスラが店に入る時と変わらない場所で待っていてくれた。

相変わらず、NPCが遠巻きにアスラを見ているが、アスラは気にしていないようだ。

まぁ、慣れてきたよな。

「アスラ、待たせたな」

「グルゥ」

アスラは俺に気が付くと、すぐに近付いてきて頭を擦り寄せてくる。頭を撫でてやると気持ち良さそうに鳴く。

可愛い奴め！

「あ、そうだ」

「グルゥ？」

頭を撫で回した後に俺はアスラから少し離れて、ちょっとだけカッコつけてポーズを決める。

「どうだ？　なかなかいい装備だろ？」

「グルゥ」

ゴラさんの店で買った装備をアスラに見せつけると、アスラは頷いた。どうやらアスラにもこの装備の良さが分かるらしい。いいセンスだ！

アスラに装備を見せつけて満足した俺は、これからの予定を考える。

とりあえず、次の目的地はドラゴンが目撃されたっていう北の山だな。モンスターのレベルが90ってのが少し心配なところだが、アスラなら大丈夫だと思う。

それに俺も、いい装備を手に入れてパワーアップしたことだし、いけるだろ！

俺は装備している白い腕輪を見る。

……この腕輪の性能も試したいな。山に登る前に練習でもしようか。

あとは……山に登る準備か？

でも特に必要なものは思い付かないなぁ。ＲＤＷの中では空腹になったりしないから食料は必要ないし。……必要ないのに味覚も食事も実装されていて、調理師なんて職業もあるのは不思議だけど。

うーん。何処かで野営する準備とか必要かな？

今の時間は――

「ゲーム内時間十六時か」

どれだけ時間がかかるか分からないから、いちおう準備しといたほうがいいか。

……しまったなぁ。金があと一万Ｒしか残ってない。もう少し残しておくべきだったか？

いや、この装備は必要なものだから、購入したことは間違ってはいなかっただろう。なら、残った金でなんとか買えるものを買うか。

えーと、テントか、最低でも地面に敷くシートは欲しい。あと明かり。ランタンとか売ってるかな？

こういうのって雑貨屋で買えるのか？

まぁとりあえず雑貨屋に行くか。……っていっても雑貨屋の場所なんて知らないし、誰かに聞かないとな。

【ゴラの武具】に目を向ける。

……いまから聞きに戻るのは、なんか恥ずかしい。仕方がないから、また冒険者ギルドに聞きに行こう。

「じゃあ冒険者ギルドに寄ってから雑貨屋に行こう」

「グルゥ」

場所が分かっているし近いので、すぐに冒険者ギルドに着いた俺とアスラは再び中に入る。

さっき来た時と同じように視線が集まるが、気にしない気にしない。もう慣れたもんだ。

カウンターを見ると、先ほど話しをした黄色い髪の受付嬢がまだいたので、彼女に話し掛けることにする。

「また来ました」

受付嬢は俺の姿を見ると満足そうに頷いた。

「見たところ【ゴラの武具】には問題なく行けたようですね」

「おかげさまでいい装備が手に入りました」

「それは良かったです。ドラゴンを連れている方があんな格好ではおかしいですからね」

やっぱり初期装備だけだとおかしかったか。

「それで今度はどんなご用ですか？」

「野営道具が買える雑貨屋とかを教えて欲しいんですが」

「それなら【ゴラの武具】よりも奥に行ったところに【ヤトの雑貨店】というお店があるので、そこに行ってみたらどうでしょう？」

あの奥に雑貨屋があったのか。辺りを探してみれば良かったな。

「ありがとうございます。では、そこに行ってみますね」

「はい」

聞きたいことは聞けたので、さっさとアスラと一緒に冒険者ギルドを出て、来た道を戻る。【ゴラの武具】を通り過ぎて少し歩くと【ヤトの雑貨店】と書かれた看板を発見した。

ここがそうらしい。

「やっぱりか」

予想はしていたが、やはりこの店にもアスラは入れそうにない。悪いけどまた外で待っててもらうしかないか。

「すまん、アスラ。また待っててくれるか」

「グルゥー」

「悪いな。すぐ戻ってくるから」

アスラに悪いと思いつつ、俺は【ヤトの雑貨店】の扉を開けて中に入った。店の中にはさまざまなものが置いてある。奥にカウンターがあって、そこにリアルで俺と同い年くらいのおっさんが肘をついてぼんやりしていた。

「ん？　なんだ客か」

なんだってなんだよ。そんな態度でこの店、大丈夫なのか？

「野営用のテントかシート、それにランタンがあったら欲しいんですけど」

「ウチにあるテントはひとり用で五千五百R。シートは千二百R。普通のランタンは二千R。マジックアイテムのランタンは八千Rだ」

うん？

「マジックアイテムのランタンってなんですか？」

「あんた知らないのか？　マジックアイテムのランタン——マジックランタンってのは魔力をランタンに込めれば明かりがつくんだよ。普通のランタンのように火をつけたり燃料を買って補充する必要がないから楽なんだ」

それはいいものだな。でも、魔力——つまりMPをどれだけ使うかによるか。

「魔力はどれだけ必要なんです？」

「一時間で20消費ってとこだな」

それなら問題ない。いまの俺はＭＰが１５００近くあるからな。20くらいなら消費してもすぐ回復するだろう。

うーむ。マジックランタン……欲しいな。でも、八千Ｒなんだよなぁ。これを買ったらテントを買えないし。まぁシートでもいいんだけど、どうしようか。

うーん。

……買うか。これからも使えそうだしな。

「じゃあ、シートとマジックランタンください」

「はいよ。九千二百Ｒだ」

おっさんは店の奥から青いシートと黒いランタンを持ってきてカウンターに置いた。俺も九千二百Ｒを出してカウンターに置く。

「まいど」

これで所持金が八百Ｒか。寂しくなったな。まぁ、金はまた稼げばいいさ。

「そういやあんた、マジックランタン使ったことないんだろ？」

「あ、はい」

「使い方を教えてやる。ランタンの頭の部分に触れて魔力を流してみな」

俺は言われた通りにランタンの頭の部分に触れて魔力を流そうとイメージしてみる。すると、ランタンに明かりがついた。

ＭＰは――１４５５／１４７５。

ちゃんと20減ってる。

「出来たな。じゃあさっさと行きな」

「ありがとうございました」

俺はシートとマジックランタンをマジックバッグに仕舞う。

それにしても意外といい人だったな。

そう思いながら俺は店を出る。

「アスラ、お待たせ」

「グルゥ」

今回は頭を擦り擦りしてこなかったな。まぁいいけど。

「さて、準備も整ったし、早速北の山に出発するか。北の山は今までよりモンスターが強いらしいから気を付けていくぞ」

「グルゥ！」

アスラはやる気十分だ。

「といっても、まずは山に向かう途中で魔法の練習をするからな？」

「グルゥ」

「よしっ、じゃあ出発！」

俺とアスラは北の山を目指して進み始めた。

大通りを進み、ウスルの北門を抜ける。

「おお！」

北には道が延びていて、その先の方に大きな山が見える。かなり高い山だ。登るのは大変そうだが、ああいう山の頂上付近にはドラゴンが住んでいそうな気がする。高い山には強いモンスターがいるって昔から決まってるからな。

すぐにでも行きたいが、まずは魔法の練習だ。いちおう、もうちょっと街から離れたところで練習しよう。

「行くぞ」

「グルゥ」

俺たちは道を進み始める。

三十分ほど道を歩いたところで立ち止まる。

そろそろいいだろう。

魔法の練習をするために、邪魔にならないよう道の脇にずれて木が生えていない場所に立つ。

「じゃあ俺は腕輪の性能の確認と魔法の練習をするから、アスラは休んでいてくれ」

「グルゥ」

アスラは頷いて俺から少し離れた。

さて、まずはなにからやろうか？　とりあえず腕輪の性能の確認かな？

うーん。スペースウォールを使ってみて、どんな感じか確かめるか。

そうしよう。

「スペースウォール！」

右手を前に出してＭＰを確認しながらスペースウォールを発動する。

相変わらず、見た目では発動しているのか、していないのか分かりづらい。ただ、いつもよりスムーズに発動したような気がする。

ＭＰは――減っているが、あきらかに前よりも消費が少ない。前は大体一秒でＭＰを30くらい消費していたが、今は一秒で15くらいしか消費していない。

俺はスペースウォールを消す。

「ふぅ……」

この腕輪はやはり凄い装備だ。

スペースウォールの消費ＭＰが半分くらいになっているし、魔法も発動しやすい。まさか序盤でこんないい装備を手に入れられるなんて、相変わらず俺は幸運だな。

まぁ、いつまでこの幸運が続くかは分からないが、今のうちに堪能しておこう。

さて、ここまでは腕輪の性能確認だったが、次からが本題だ。

異次元や異空間関係の魔法を練習しようと思う。

流石にいきなり異次元にモンスターが住めるような空間を創れるとは思っていないが、異空間にアイテムを収納する、いわゆるアイテムボックスを創ることに挑戦してみようと考えている。

何故なら俺の想像以上にマジックバッグの容量が少なくて不便だからだ。

本当はマジックバッグを作るところから始めた方がいいんだろうけど、どうせ作るなら便利なアイテムボックスを創りたいし、出来るならカバンから自作してみたいので、マジックバッグはまた今度。

現在のMPは１４００／１４７５。

１４００あれば流石に創れるのではないだろうか。

「よしっ、やるか！」

俺は意識を集中する。

集中……集中。感覚を研ぎ澄ませ、そしてイメージする。

アイテムボックス。

異空間に自分の魔力で創れるだけの領域を創り、そこにアクセスする。マジックバッグのように入れたもののリストも出るように。

魔力を込めて……集中、イメージ。雑念を捨て、ただイメージする。

行くぞ――

「アイテムボックス‼」

俺は全力で魔法を発動した！

すると、俺の目の前に黒い点が現れて――次第にそれは大きくなり黒い穴となった。

「出来た……のか？」

いまのＭＰは０。魔法は間違いなく発動している。俺は慎重に、中の見えない黒い穴に手を入れていく。すると、マジックバッグと同じようにリストが表示された。

もちろん中にはなにも入っていない。

……ということは――


「成功だ……やったぁぁぁぁ!!」

俺は穴から手を抜いて、喜びで跳びはねる。そのまま、こっちを見ていたアスラに近寄って抱きつく。

「アスラ、やったぞ！　魔法が成功した！」

「グルゥ！」

アスラも俺と一緒に喜んでくれている。そうやってしばらくアスラと喜んでいると、黒い穴が消えてしまった。

「あれ？」

なにもしないまま時間が経つと消えるのか。もしかしてまた最初から創り直しとかないよな？

ＭＰは……今は３。

無理か。

「アイテムボックス！」

流石に無理かと思いながらもアイテムボックスを発動してみると、先ほどと同じように目の前に黒い穴が現れた。

「マジ？」

俺の残りＭＰは２だ。

……もしかして、一度創った空間を開くのにはＭＰ１しか必要ないのか？

それなら超便利じゃんか！

もう一度確かめるためにアイテムボックスを閉じようとすると、思い通りに閉じた。

そして今度は口に出さず無詠唱でのアイテムボックス発動を試してみる。すると再度目の前に黒い穴が現れた。

ＭＰは１。

やっぱりＭＰは１しか消費しない。

てか、なんとなくやってみたけど無詠唱で出来ちゃったな。まぁいいや。

「容量はどれくらいだろ？」

気になって手を突っ込んでリストを表示させてみると、上の方に０／14と書いてあった。

ということは、いまは多分ＭＰの消費が半分になっているから本来はＭＰ２００で１か。……いや、俺の技術不足のせいで必要ＭＰが増えて容量が少なくなったのかもしれない。

でも、今は14しか入らなくて容量が少ないが、俺の想像通りならこれからどんどん拡張していくことが可能なはずだ。楽しみだな！

ピコン！

その時、なにかの通知音が鳴った。

「ん？」

『メッセージが届きました』

メッセージって運営からのお知らせが来たり、フレンド同士のやりとりが出来るメールのような機能だったよな？

いまの俺にフレンドはいないから、運営からか。なんだろう？

俺はメニューからメッセージを開く。すると、メッセージ欄には運営からのお知らせの文字。

やっぱり運営からだった。

中身は――

「これまたエグイな」

運営からのメッセージは、オオプ商店での正式サービス開始記念の期間限定アイテム販売開始のお知らせだった。

まずひとつ目。

初心者旅立ちセット――三千円。

その名の通り、初心者の旅立ちを支援するアイテムが手に入るセットらしい。

中身はＨＰが５００回復するＨＰ下級回復薬五個と、ＭＰが５００回復するＭＰ下級回復薬五個。

ひとり一回しか買えないが、まぁ悪くはないいんじゃないか。ＨＰとＭＰの下級回復薬は下から二番目の効果の回復薬で、今はあまり出回ってないはずだ。

５００回復するならほとんどのプレイヤーは一個で全回復出来ると思うしな。まぁ、俺はもう一個じゃ全回復出来ないけど、あると助かる。

ちなみに一番下の回復薬は初心者回復薬。効果は50回復。

そしてふたつ目。

問題はこれだ。

その名も、金の運試しガチャ。

名前の通り、ガチャを回して何らかのアイテムが手に入るというもの。初心者旅立ちセットと同じようにひとり一回しか出来ない。

ここまで聞けば何処にでもある運試しの普通の課金ガチャだが、問題はその値段とシステムだ。

このガチャ、値段は千円から回せる。そう――千円『から』だ。

驚くことにこのガチャ、金をかければかけるほど、いいアイテムが当たる確率が高くなるらしい。

上限はなんと一千万円。

馬鹿だろ……。いや、まぁ普通は千円で運試しするのがいいんだろうけどさ。相変わらずプレイヤーから金を搾り取る気満々だ。

けどまぁ――

「俺は一千万円で回すけどな！」

自分でも馬鹿だと思うけど、金があるんだから仕方がない。だって俺はこのゲームを全力で楽しむって決めたのだから。

じゃあ早速、課金しよう。

俺はメニューからオオプ商店を選択する。

オオプ商店のトップには『あなたの旅立ちをお助け　初心者旅立ちセット３０００円』と『あなたの運を試しませんか？　たった一回の金の運試しガチャ１０００円から』とでっかく表示されている。

なにがあなたの運を試しませんか？　だよ！

キャッチコピーが酷い。そう思いながらまず俺は初心者旅立ちセットを購入。すると、地面に赤い小瓶五個と青い小瓶五個が並んで現れた。

これが下級回復薬だろう。

「グルゥ？」

アスラが顔を近付けて不思議そうに見ている。

「これはプレイヤー用の回復薬だよ。赤いのがＨＰで青いのがＭＰを回復するんだ」

そうアスラに説明していると、俺は自動回復以外でアスラを回復させる方法を持っていないことに気が付いた。

「ごめんな、アスラ。お前を回復させる方法がなくて」

「グルゥー」

アスラは問題ないと言うように首を横に振った。俺はアスラの体を撫でる。

「近いうちにどうにかするからな」

「グルゥ」

そうやってアスラと数分触れ合ったりしていたが、ふいに自分がなにをしようとしていたのかを思い出す。

課金の途中だったな。

「おっと、忘れてた。アスラ、もうちょい待っててくれ」

「グルゥ」

アスラから離れて地面に並んで置いてある回復薬を仕舞うことにする。

試しにアイテムボックスに入れてみるか。

俺はアイテムボックスを再び出現させて、中に回復薬を突っ込んでみる。問題なく入った。リストにはちゃんとＨＰ下級回復薬とＭＰ下級回復薬が表示されている。

よし、成功だ。じゃあ次にいくか。

閉じていたオオプ商店の画面を再び開く。購入したのでトップ画面から初心者旅立ちセットが消えていた。

もう少し回復薬が欲しかったな。まぁひとり一回しか買えないんじゃ、仕方がないか。

「さて、運試しガチャやりますか」

俺はトップ画面から金の運試しガチャを選択。すると、金の装飾が施された豪華な見た目のガチャガチャが画面に表示される。下には虹色の回すボタン、横には１０００と表示された目盛り。

無駄にゴテゴテしているなぁ。これで出てくるのが初心者回復薬とかだったら詐欺だろ。

とりあえず、１０００と表示されている目盛りをグイッと動かして上限の１０００万にする。

これで虹色のボタンを押せば一千万円で一回だけこのガチャが回せるはずだ。

一体なにが出るんだろうな。てか、俺以外に一千万円で回すプレイヤーはいるのだろうか？

流石にいないかな？

「まぁ今は他のプレイヤーのことは置いといて、ガチャを回すぞ！　おりゃ！」

意味ないと思いつつも気合を入れて虹色のボタンを押した。押した瞬間、ガチャガチャのハンドルが高速で回転を始め、ガチャガチャ自体が画面の中で震えだす。

「お？　もしかして当たり演出か⁉」

しばらく、その演出を見ていると急にガチャガチャが爆発した！

「うわっ」

「グルゥ？」

「ああ、大丈夫、なんでもないよ」

少しだけ驚いてしまった。ガチャガチャが表示されていた画面の中には白い煙が広がっている。

これ、どうなってんだ？　当たりなのか、外れなのかも分からない。

その状態で待っていると白い煙が少しずつ消えていき、金色のカプセルが表示される。

「これは当たってるのか？」

画面に表示されている金色のカプセルに触れてみる。すると、カプセルが開いて中から一枚のチケットが――


「職業チケット……ライダー？」


画面には金色のカプセルから出た一枚のチケットが。

下には【職業チケット：ライダー】と表示されていた。

「職業チケット？　初めて見るな」

俺が集めた事前情報には職業チケットなんてアイテムはなかったはず。もしかして、ライダーっていう職業が手に入るのか？

うーん。ライダーっていうとなにかに乗る職業かなぁ？

まだ分からないが、新しい職業が手に入るってことは、それだけステータスが上がるってことだから強力だろう。

いろいろ考えていると、職業チケットの下に説明らしき文が表示される。

良かった。ちゃんと説明されるのか。

内容は――

『職業チケットとは、使用することによって記載されている職業に就くことが出来る使い切りアイテムです。チケットを破ることによって使用出来ます。※ただし、使用者の職業スロットがひとつ空いていなければ使用出来ません』

やっぱり、このチケットは新しい職業を手に入れられるアイテムだ。これは当たりだろう……いや、当たりなのか？

もしこれが千円で出たのなら間違いなく当たりだと言えるけど。

うーん。

俺としては満足だからいいか！

ただ、まぁ職業スロットが空いてないと使えないみたいだ。もしかしたら、すぐに新しい職業が手に入るかもと思ったけど、そんなに上手くはいかないか。

そう思いつつ続きを読む。

『ライダー：物や生物を上手く乗りこなせるようになる職業。物や生物に乗っている間、乗っている対象の能力に中ボーナス。プレイヤーの器用に小ボーナス』

なるほど。

物や生物を乗りこなせる職業か。しかも自分が乗っているものにボーナスが付くと。

なかなかいい職業じゃないか、ライダー。キャラメイクの基本職業になかったし、多分レア職業だろう。

　これがあれば俺はアスラの背中に乗れるのかな。

　でも、いまの俺がアスラに乗っても移動くらいにしか意味ないかもな。だっていまの俺には遠距離を攻撃する手段がないし……まぁ支援くらいは出来るか。

　……そういえば一度もアスラの背中に乗ったことなかったなぁ。

　一回乗ってみようか。

　とりあえず今はアイテムを受け取ってしまおうと、俺は画面に表示されている職業チケットを触る。すると、目の前にチケットが現れたので、それを掴んでアイテムボックスに仕舞う。

「アスラー」

「グルゥ」

　呼ぶとすぐに近付いてくる。

　可愛い。

「アスラの背中に乗ってみたいんだけど、いいかな？」

「グルゥ！」

　アスラは嬉しそうに頭を縦に振った。

　俺に乗って欲しかったのかな？

　アスラの横に移動すると、アスラが姿勢を低くしてくれる。

「ありがとう。じゃあ失礼して」

頑張ってアスラの体によじ登り、なんとか背中に跨がる。

「お？　おぉう！」

当たり前だがアスラの背中は平らではないので、跨ぐことは出来たがとても不安定だ。馬に乗った経験もないし、難しい。なんとかバランスを取る。

しばらく、その状態でいると少しだけだが安定してくる。

よし。

「アスラ、普通に立ってくれ」

「グルゥ」

アスラがゆっくりと姿勢を戻す。

「おっとっとっと！」

バランスを崩しそうになるが、なんとか持ち直す。そこで初めてアスラの背中から周囲を見た。

「うわぁ！」

いつもより高い目線。空が近くに感じる。

アスラの背中に乗っただけなのに、違う世界に見える。

凄いなぁ。アスラはいつもこんな世界を見ているんだな。

「よし、アスラ。進め！」

気分が良くなった俺はアスラに進むよう指示する。

「グルゥ！」

俺を背中に乗せたアスラは勢い良く一歩踏み出した。

そして――

「うわっ⁉　ぐえ！」

バランスを崩して俺はアスラの背中から落ちた。落馬ならぬ落龍だ。

なんて馬鹿なことを考えているが、結構痛い……かも。

「グルゥ⁉」

アスラが落ちた俺を心配そうに見てくる。

「ごめん、アスラ」

「グルゥー」

「いや、大丈夫だ。大した怪我はしてないよ」

体を起こして立ち上がる。痛いけど、意外と大丈夫そう。

ＨＰを見てみる。表示は１２８６／１３８６。１００しか減ってない。レベルが上がってて良かったわ。初期ＨＰだったら死んでた。

現実だと大怪我になっていたかもしれない。ほんとゲームで良かった。でも、ゲームで痛覚があるってのも難しいな。まったくないとリアルじゃないし、かといって現実と同じだとダメージを受けたときがキツすぎる。

「なんとか乗れるけど、乗って進むのは、いまの俺だと無理そうだな」

「グルゥ」

アスラが落ち込んでいる。申し訳ないという気持ちが伝わってきた。

「アスラが悪い訳じゃないから。自分を責めることはないよ。単純に俺の力不足だ」

「グルゥ」

「いつか職業スロットが開いたらライダーを手に入れる。そうすれば、今度はちゃんとアスラに乗れるさ！」

「グルゥ？」

本当？　といった感じでアスラが少し首を傾ける。

「本当だ。だから、それまで待っててくれ」

「グルゥ！」

アスラが元気になってくれた……良かった。落ち込んでいるアスラを見るのはつらいからな。

「グルゥ」

アスラがいつものように頭をスリスリしてくるので、撫でまくってやる。

「ほらほら」

「グルゥー」

そうやってアスラと触れ合い、満足した。よし、次だ。

本当だったら山に向かいたいところだったが、ＭＰ下級回復薬が手に入ったので先にアイテムボックスの拡張を試してみたい。

俺の予想ではＭＰ２００で容量がひとつ拡張されるはず。でも、俺は腕輪があるのでＭＰ１００で済むと思う。

いまのＭＰは55。

足りない。

という訳で、早速アイテムボックスからＭＰ下級回復薬を一個取り出し、封を開けて飲む。

やっぱり回復薬に味はない。

飲んだ回復薬の小瓶はポイ捨てする訳にもいかないので、アイテムボックスに突っ込んでおく。

これでＭＰが５００はある。予想通りなら容量が５は拡張される。

やってみよう。

意識を集中しイメージする。感覚を研ぎ澄ませ、集中、イメージ。

ＭＰを全部つぎ込むつもりで――

「アイテムボックス！」

目の前に黒い穴が出現する。

成功か？

リストを表示。容量は――14。

「あれ？」

ＭＰを確認すると１しか減っていない。つまり……失敗だ。

「なんでだ？」

失敗の原因で考えられるのは、俺の技術不足か、拡張するのにはＭＰがもっと必要だったか、だ。

すぐにＭＰ下級回復薬を追加で二個飲んで試してみたいが、流石にもったいないので自然回復を待つことにする。

「はぁー」

時間は十七時。日が沈み始めている。

場所や時間的に街に戻ってもいいが、せっかく野営道具も買ったことだし、山に向かおうか。

……そういえば、それなりにこの場所にいるのに一度もモンスターに襲われなかった。もしかしてここら辺は山にしかモンスターはいないのかな？

「アスラ、行こうか」

「グルゥ」

俺とアスラは道に戻って山に向かって歩き始めた。

しばらく歩いていると、辺りが暗くなってくる。

「じゃあ今日はこの辺りで休もうか」

「グルゥ」

木々の生えていないひらけている場所を見つけて、俺はマジックバッグからシートとマジックランタンを取り出す。

そしてマジックランタンに魔力を込めて光りをともす。

「結構辺りが明るくなるな」

「グルゥ」

「これいいだろ？」

アスラは光っているマジックランタンを見て頷く。

次に俺はシートを地面に敷く。それなりに大きい。これならアスラと一緒に乗れるな。

「アスラ、この上で休もう」

「グルゥ？」

「乗っていいぞ」

俺がそう言うとアスラはシートの上に移動して、ぐでーっとシートの上に寝そべった。

可愛い。

そんなアスラを見ていいことを思い付く。

「ちょっと体に寄りかかってもいいか？」

「グルゥ」

肯定。いいらしい。

俺はシートの上に腰を下ろしてマジックランタンを横に置き、背中をアスラにくっつけて寄りかかる。

「おー。こりゃいい」

アスラの体はちょっと硬いがヒンヤリしていて気持ちがいい。このまま夜が明けるまで休んでいようか。

《商都平原のフィールドボスが倒されました。これによりヤートの街が開放されます》

「お？」

その時、ワールドアナウンスが流れてきた。どうやら何処かのフィールドが攻略されたようだ。ヤートっていうのは確か首都バリエから南の街だったか。じゃあ初心者フィールドが攻略されたんだな。……そういえば、まだ一度もゲーム内掲示板を覗いていなかった。情報を集めるためにも一度覗いてみようか。俺たちが攻略した、タイバの森の反応が少し怖いが。

俺はダラケきった姿でメニューから掲示板を開いた。

やっぱり攻略されたのは首都バリエの南のフィールドだったようだ。攻略したのは、掲示板を見る限りでは、シュツルのβテスターっぽい。

なんでもギルドを早く作るためにβテスターたちで協力して攻略したとか。そういえば、ＲＤＷでも他のＭＭＯにあるようなプレイヤーギルドを作れるんだよな。ギルドがあればプレイヤー同士の結束も強くなるし、情報も集めやすくなり、いい装備を手に入れることが出来るだろう。

悪いことがないな。

ただし、ギルドを作る施設は何故か首都にない。なんで首都なのにないんだろう？

シュツル王国内で一番簡単に行けるギルドを作る施設は南のヤートの街らしい。

ふーん。

俺はしばらくはギルドにもパーティーにも入らずソロかなぁ。ウスルの街にプレイヤーが来たら考えるか。でも、よく考えたら俺にはアスラがいるし、ソロではないよな。

だから寂しくはない。いまもふたり仲良く寄り添っているしな！

あと俺たちがタイバの森を攻略したことについてだが、やっぱりかなり話題になっている。

『誰が攻略したんだ？』とか『一体どうやって攻略したんだ？』とかだ。

まぁ当分は分からないだろう。

中には『俺もウスルの街に連れてってくれー』とか『タイバの森の攻略手伝ってくれー』『パワーレベリングしたい』なんてのもある。

これについては、頑張って自分たちで攻略してくれとしか言えないな。でも、知り合いとかがいたら手伝ってもいいかも。

それと僅かだけど、首都バリエでドラゴンを見たって書き込みがあった。

読んでみると、間違いなくアスラのことだと分かる。

幸いなのか、スクリーンショットは載っていなかった。

でも、『ドラゴン裏山』『かっこ良かった』『翼のないドラゴン』などの書き込みが多かったので、特徴はある程度伝わっているようだ。

……やっぱりアスラのかっこ良さと可愛さは誰にも分かるんだな！

と、まぁ掲示板はこんなところだろう。

掲示板確認も終わったしログアウトしてもいいんだけど、このままアスラと一緒にいたいのでスリープ機能を使ってみよう。

スリープ機能――ゲーム内で擬似的に眠ることが出来る機能で、設定した時間まで眠るような感覚を味わえる。

いままで、いつ使うのか分からず、俺は使わないだろうとか思っていたんだけど、いまが使い時だな。

起きる時間は……朝の六時でいいか。

俺はスリープ機能をゲーム内時間の六時に設定する。

「アスラ。俺は朝まで寝るわ」

「グルゥ」

「おやすみ……」

俺はスリープ機能を起動して――意識が遠のいていく。

「グルゥー」

最後にアスラの優しい声が聞こえた。

第五章　北の山

「うん……あぁ、寝てたんだっけ」

意識が少しずつ覚醒していき、目を覚ます。閉じていた瞼を開くと明るい日の光が俺を照らしていた。

「グルゥ」

傍から鳴き声が聞こえてくる。そこで自分がアスラの体に寄りかかっていたのを思い出した。

「アスラ、おはよう」

「グルゥー」

アスラは俺の挨拶に優しく答えてくれる。

「よいしょ」

体を起こして立ち上がり、体を伸ばす。

「うー、くあー」

気持ちの良いスッキリとした目覚めだ。スリープ機能もなかなか悪くないな。

そういえば時間はちゃんと朝の六時なのか？

俺は時間を確認する。

時間は……うん、六時だ。

「よしよし」

えーっと、すぐに山に向かおうかな？　……いや、ひとつやっておきたいことがあった。

アイテムボックスの拡張だ。昨日は技術かＭＰが不足して失敗してしまったが、時間が経った今ならＭＰが回復しているはず。

ＭＰは……よし、全回復している。

なら一度試してみよう。

「アスラ、ちょっと待っててくれ」

「グルゥ」

アスラにそう言ってから、アイテムボックスを拡張するために集中する。

そしてイメージ。空間が広がるイメージを。

感覚を研ぎ澄ませ、ＭＰを全力で注ぎ込む。

——いくぞ！

「アイテムボックス！」

昨日と同じように目の前に黒い穴が現れる。

リストを表示——容量14。

……失敗だ。

「駄目か」

ＭＰを確認する。ＭＰは１しか減っていない。

うーん。

やっぱり技術不足かなぁ。いや、拡張にはもっとＭＰが必要な可能性もあるし……分からない。

「はぁ」

続きはまた今度だな。山に行くか。

「アスラお待たせ」

「グルゥ」

「シート、仕舞っちゃうから、退いてくれるか」

アスラは立ち上がってシートの上から移動してくれる。

「ありがとう」

シートの上のマジックランタンをアイテムボックスに仕舞ってから、シートを折り畳んでこれもアイテムボックスに仕舞う。

すると、俺が片付けるのを待っていたのか、アスラが近付いてきていつものように頭を擦り寄せてくる。

「ははは」

俺はそれに応えるようにアスラの頭を撫でてやる。

「グルゥ」

アスラは嬉しそうに、気持ち良さそうな声で鳴いた。

ドラゴンなのに、まるで大きな犬が甘えているように思ってしまったのは、アスラには秘密だ。

二時間ほど歩き続けていると、とうとう山の麓に辿り着いた。

「やっと着いた」

「グルゥ」

この山は木々が生い茂る自然豊かな山ではなく、山肌が露出した岩山といった感じだ。

見上げるほど高い山。ここならドラゴンがいるといわれても納得だな。

いるとしたらやっぱり山の頂上付近だろう。

早速、登りたいところだが……。

「うーん」

実はここまで続いていた道は山の手前で途切れてしまっている。

いちおう、グネグネっとした道のようなものが山の上の方まで続いているように見えるが、大丈夫かな?

まぁ迷っていても仕方がないし、とりあえず登ってみるか。

「行くぞ」

「グルゥ」

俺とアスラは山に足を踏み入れた。

山に入ってすぐにモンスターを発見する。

やっぱり山にはモンスターが出現するんだな。ここまでの道のように楽にはいかないか。

マーカーは赤。つまりアクティブモンスター。

避けては通れない。

やるか。

「アスラ、あいつを倒すぞ」

「グルゥ」

幸いなことにモンスターには気付かれていない。このまま不意打ち出来るかも。

少しずつアスラと近付いて行くと、モンスターの正体が分かる。

岩のような鱗に体が覆われている、体長二メートルくらいのトカゲ——ロックリザードだ。

冒険者ギルドで受付嬢に教えてもらったフィールド情報の中に、ロックリザードの情報もあった。

防御力が高く、土属性に耐性を持つモンスターで、主な攻撃方法は硬い体を使った打撃攻撃だそうだ。

防御力が高いだけならまだしも、土属性に耐性があるのが厄介だな。

アスラだと近接戦闘で戦うしかないか。

いちおう完全に耐性がある訳ではないと思うから、多少はアースブレスや土魔法でダメージが入るはず。

「……」

無言でアスラとロックリザードに近付くと、そこでロックリザードの頭上にＨＰバーやレベル、名前が表示される。

名前はロックリザード。ネームドではない。おそらくユニークでもないだろう。

レベルは92。

アスラが60だから……キツイか？

俺はいけると思うんだけど、どうだろ。

「アスラ、あいつを倒せるか？」

小声で聞いてみるとアスラは力強く頷いた。

よし！

「じゃあ、あいつに不意打ちを決めてやれ」

アスラは体が大きいのに、器用にもあまり音を立てず、ロックリザードに近付いていく。

ロックリザードは鈍いのか気が付かない。

そして――


ドゴッ！

アスラがロックリザードに右前足を叩き込む！

「グルゥ！」

「キュエエ！」

ロックリザードはアスラに攻撃された衝撃で、岩に叩きつけられる。

流石はアスラだ。あの岩のような体を持つロックリザードを吹っ飛ばすとは。

「っと、見てるだけじゃ駄目だよな」

俺はすぐにアスラの横まで走る。

すると、岩に叩きつけられたロックリザードは既に立ち上がりアスラを睨んでいた。

ロックリザードのＨＰは……まだ八割ある。

今ので二割か。ここからどうするか。

……今の俺に出来ることは限られている。

時空間魔法でロックリザードの攻撃の威力を抑えること。それと隙をみて、奥の手の龍化を使って攻撃することだ。

結局はアスラに頼るしかないか。

そう考えているとロックリザードが動きだす。

意外に素早い速度でアスラに向かってロックリザードが突進してくる。

それに反応してアスラもロックリザードに突進していく。

「スペースウォール！」

すぐさま俺はロックリザード前の空間に透明な壁を作る。

目の前ではなく離れたところに壁を作ったのは初めてだが、なんとか成功させた。

しかし——

パリイン！

岩のようなロックリザードは俺が作った壁をあっさり破壊して進む。

くそッ！　やっぱりいまの俺の力じゃロックリザードの攻撃は防げないか。

そうこうしている間に、アスラとロックリザードはお互いの頭でぶつかり合った！


ドゴォ！

辺りに鈍い音が響き渡る。

「アスラ！」

あまりにも痛そうな音に、俺は心配になってアスラに近付こうとする。

「グルゥ！」

だが、アスラは俺を止めるかのように鳴いた。

そこで気が付く。

アスラとぶつかり合ったロックリザードが、頭から赤い血を流して倒れていた。

ロックリザードのＨＰはあと六割。それに、もしかして気絶しているのか？

「グルゥ！」

アスラは両前足を上げ後ろ足で立ち上がり、体重をのせて両前足をロックリザードの頭に叩き込んだ！

ドカンッ!!

アスラの容赦ない攻撃がロックリザードの頭に加えられ、轟音と共に地面が陥没する。

「凄い……」

俺がアスラの攻撃に驚いていると、ロックリザードは光となって消えた。あとには岩のようなアイテムがドロップしている。アスラはそれを咥えて俺のところまで持ってきてくれた。

「ありがとう」

俺はそれを受け取りマジックバッグに仕舞う。

アイテムの名前は【ロックリザードの鱗】。

見た目はただの岩にしか見えなかったのに鱗なのか。……そんなことよりも――

「アスラ、凄かったなぁ！」

俺はアスラの体と頭を撫でて褒めてあげる。

「グルゥ」

アスラは嬉しそうに鳴くと、いつものように俺に頭をスリスリする。

「いやぁ、最後の攻撃でロックリザードのHPをほとんど削ってたもんなぁ。いままであんな攻撃はしたことがなかったのに、よく思い付いたな？」

なんたってグリーンウルフじゃ、アスラのアースブレスか土魔法で倒せてしまうからな。

「これならロックリザードも倒していけそうだな。いやでも、ロックリザードに隙がないと無理か」

「グルゥ！」

アスラは大丈夫だというように力強く鳴く。

まぁアスラがそう言うなら大丈夫だろう。

そこで、ふと思い付く。

「アスラのあの攻撃に名前を付けるなら【アスラ・インパクト】だな。どうだ?」

「グルゥ!」

アスラはその名前が気に入ったのか何度も頭を縦に振った。そしてなにもないところでさっきの攻撃の真似をする。

もちろん本気でやっている訳ではないので、衝撃はない。少し後ろ足で立ち上がってトンッと地面に前足を着くくらいだ。

「ははは、そんなに気に入ったのか」

「グルゥ!」

「じゃあ次のモンスターにも隙が出来たら決めてやろう!」

「グルゥー」

俺とアスラはそんなことを話しながら再び山を登り始めた。

俺とアスラが……正確にはアスラが単騎でロックリザードを倒した後、三十分ほどを登っている

と、再びロックリザードが道を塞いでいた。それも二体。

まずいなぁ。

一体であれば、いまのアスラなら簡単に倒せると思う。

でも、複数相手となると、アースブレスなどの範囲攻撃があまり効果のないロックリザードはキツイはず。

「どうする?」

「グルゥ!」

アスラはやる気満々のようだ。

確かに今までのアスラの強さを見れば、手間はかかっても苦戦はせず、大丈夫なような気もする。

でもなぁ……アスラに任せっきりで、アスラが傷付けられるのを見ているだけなのは嫌なんだよ。

なら——

「アスラ、俺がロックリザードを一体引き付ける。その間にアスラがもう一体のロックリザードを倒してくれ」

「グルゥ⁉」

アスラは俺の作戦に反対なのか、首を横に振った。否定と心配の感情が伝わってくる。

優しい奴だ。

「大丈夫だよ、信じてくれ。アスラがロックリザードを倒す時間くらい稼いでみせるさ」

「グルゥ」

「ははは！　そんなに心配なら早くロックリザードを倒して、こっちに来てくれ。アスラなら……出来るだろ？」

「グルゥ……グルゥ！」

アスラは俺の言葉に少し悩んだ後、力強く鳴いて、やる気を見せた。

頼もしい奴だよ、ほんと。

「じゃあ、行くぞ！」

「グルゥ！」

俺とアスラは背を向けているロックリザードに近付く。

俺はアスラを見て頷き、覚悟を決めてロックリザードにさらに接近！

「【龍化】！」

俺の右手が変化して白い龍の腕になる。

そこで自分が失敗したことに気が付く。

ヤバイ！　もしものときのために腕輪を外すの忘れてた！

慌てたが、腕輪はちゃんと変化した右手にピッタリとはまっていた。

良かった。ちゃんとサイズ自動調整が働いてくれたか。

安堵した俺はすぐさまロックリザードの背中に右手を叩き込む！

ドッ！

「キュエ！」

ロックリザードが鳴き声を上げるが、ＨＰは一割も減っていないように見える。

マジかよ。硬すぎる。仕方がない、アスラ頼みだ。

俺は少しだけ距離を取る。

「おい！　こっちだ！」

俺は声を上げてロックリザードを引き付けようとする。

俺の攻撃と声に反応してロックリザードがこちらを睨む。

それも二体。

二体とも俺を睨んでいるが心配ない。何故なら俺にはアスラがいるからだ。

「グルゥ！」

「キュエエ⁉」

俺の思惑通りにアスラがロックリザードの一体に体当たりをして吹き飛ばし、そのまま追いかけていった。

もう一体のロックリザードが驚いてアスラを見ている。

「よそ見している暇はないぞ！」

俺は再びロックリザードに接近して、今度は頭に右手を叩き込む！

「キュエエ！」

「ッ⁉」

しかし、ロックリザードは攻撃された瞬間に前足で俺に向かってカウンター攻撃。その前足が右腕に掠（かす）ってしまう。

いってぇ……。

ロックリザードのHPを一割削ることが出来たが、代わりに俺のHPが３００以上減っている。

「これじゃ割に合わないぞ。やっぱり俺じゃキツイか」

だが、ロックリザードを倒すことは無理でも、ロックリザードを引き付けることには成功した。

ロックリザードはアスラを無視して俺を睨んでいる。

ＭＰがもったいないので龍化を解除する。

残りＭＰは１０００くらいか。これなら無理してあと二発くらいは龍化して攻撃出来るかも。

……いや、無理をする必要はない。いまは時間を稼いでアスラを待つんだ。

俺とロックリザードは睨み合う。

どれくらいの時間、睨み合っていたのか分からないが、動かない状態を嫌ったのか、ロックリザードが突然、突進してきた。

見た目からは想像出来ないスピードだ。

だが、俺は焦らずにただ集中する。

イメージ。絶対に壊れない強固な空間。そして空間の固定。

いままでよりも多くのＭＰを注ぎ込む。

「うおぉおぉ、スペースロォォォクッ!!」

俺は右手を伸ばし、新しい魔法を発動する！

この魔法はスペースウォールが破られた時から考えていた魔法。対象の周囲の空間を固定して動きを止めるという魔法だ。

四方を固めるので、スペースウォールよりもＭＰを消費するが、その分強力なはず。

【スペースロック】によってロックリザードは俺の目の前でピタリと止まった。

瞬きすら出来ないようで、まるで時間が止まったように停止している。

本当に時間を止められればいいんだけど、俺にはまだ無理そうだしな。

それでも成功した。

「やった……」

なんとかロックリザードの動きを止められた。これで後はアスラを待つだけだ。


グッ……グググ。


アスラのほうを見ようとした時、嫌な音がロックリザードから聞こえてきた。

まさか……。

「くそっ！」

すぐにロックリザードから距離を取ろうと身構える。

その瞬間——

パリィィン！

甲高い音と共に、固定された空間が破壊されてロックリザードが飛び出してくる！

そのままロックリザードは俺に突進。そのスピードは先ほどよりも速い。

「うおおおお！」

全力で横に跳んでロックリザードを避けようとする……が。

「ぐあああ！」

突進してきたロックリザードの体に俺の体が僅かにぶつかってしまい、吹き飛ばされる。

いってぇぇぇ！

自分が何処かに吹き飛ばされて地面に倒れているのは分かっているが、痛くて起き上がれない。

なんとかＨＰを確認するが50しか残っていない。

まずいまずい！　回復しないと……。

だが、痛すぎて思うように動けない。

ゲームなのに、こんなに痛いのか。

「はぁはぁ……」

それでもなんとかしようとしていると、俺の顔に影が差す。見上げるとロックリザードが俺を見下ろしていた。

「ははは……笑えない」

ロックリザードが俺にトドメを刺そうと前足を上げる。

ごめん、アスラ。俺じゃ時間を稼げなかった。

ロックリザードの前足がゆっくりと迫ってくるのが分かる。

怖い。

でも、俺は目を閉じずにしっかりと自分の最後を見ようとした。

きっと、これも俺に必要なことなんだ。

不思議とそう感じていた。

「アスラ……」

ロックリザードの前足がついに俺の顔に——

「ガァァァァァァァァァ!!」

「キュエエ!?」

突然、俺の前からロックリザードが消えた。

一瞬だけアスラが見えた気がする。

「なにが……」

俺は震える手でアイテムボックスを開き、HP下級回復薬を取り出して飲んだ。

HPが回復するとともに痛みが引いていく。

体を起こして周囲を見渡す。

「アスラ！」

すると、アスラがロックリザードを大きな岩に押し付けているのが見えた。

アスラが助けてくれたのか！

立ち上がってアスラに近付く。

アスラの瞳が怒りに燃えている。ロックリザードに激怒していた。

アスラは何度もロックリザードを岩に叩きつける。

初めて見たアスラの激しい怒り。

初めて感じたアスラの荒々しい怒り。

「アスラ……」

その怒りはロックリザードが消えてなくなるまで続いた。


「グルゥ……」

ロックリザードを倒したアスラは俯いて俺に近付いてきた。

アスラからいままで以上にさまざまな感情を感じる。

俺に対しての心配、申し訳なさ。自分に対しての怒り、不甲斐なさ。

そんなアスラを見て、俺は自分がアスラにこんな思いをさせてしまったのを後悔した。

後悔はしたが、今はただ黙って後悔している訳にはいかない。俺が出来ることは決まっている。

「アスラ」

俺は全身で優しくアスラを抱き締める。

アスラはビクッと震えた。

「アスラ、ごめんな。自分を責めることはない。お前のせいじゃない。俺の力不足と甘い考えのせいだ」

「グルゥ……」

「そう言ってもお前は納得しないよな」

分かってる。

アスラは優しい奴だからな。

「もう同じことを繰り返さないように……強くなろう。俺と一緒に強くなろう、アスラ。もうあんな奴らに苦戦しないように」

「グルゥ」

「あぁ、大丈夫だ。俺とお前なら強くなれる。心配か？」

「グルゥー」

「なら、もう大丈夫だな」

俺はアスラから体を離そうとする。だが、アスラはさらに近付いてきて俺に頭を擦り寄せる。

ははっ、甘えん坊だな。

「もう少し、こうしていようか」

「グルゥ」

俺は再びアスラを抱き締めた。

アスラが満足するまで。

俺とアスラは、一度登ってきた道を戻ることにした。

ただ、完全に山から出る訳ではなくて、麓の辺りで一体だけでいるロックリザードを探してふたりで倒し、レベルを上げて強くなってから再び山の頂上を目指そうという作戦だ。

そんな訳で、一体でいるロックリザードを探していると、早速発見する。

今までのロックリザードと変わらない大きさでユニークでもネームドでもなさそうだ。

「アスラ、俺がロックリザードの動きを少し止めるから、その間にアスラ・インパクトをアイツの頭に叩き込め」

「グルゥ」

俺の作戦にアスラは頷く。

よし、やるぞ！

「行け！」

「グルゥ！」

ロックリザードに向かって飛び出して行くアスラに続いて、俺も走りだす。

ロックリザードのＨＰバーとレベルが表示される。

レベルは93か。いけるな。

「キュエ？」

ロックリザードが俺たちに気が付きこちらを見る。

いまだ！

「スペースロック！」

俺は右手を伸ばし、イメージして魔力を込め魔法を発動する。

すると、ロックリザードの周囲だけ時間が止まったかのように停止した。

そこへアスラが到達し、前足を上げて後ろ足で立つ。

「グルゥ！」

そして全体重をかけた両前足をロックリザードの頭に叩き込む。

アスラ・インパクトだ。


パリィン！

ドゴッ！

ロックリザードの固定されていた周囲の空間がアスラの攻撃で破壊され、そのままロックリザードの頭を踏み潰す！

完璧に決まった。ロックリザードのＨＰは……半分くらい削れている。

……おかしい。俺の想像ではもっとロックリザードのＨＰが削れるはず。

……まさか俺のスペースロックが邪魔をした？

だけど、俺のスペースロックにアスラの攻撃を邪魔するほどの耐久力はないと思うんだが……。

幸いにもロックリザードは頭が半分地面に埋まって動けずにいるのでチャンスだ。

「アスラ、もう一度だ！」

「グルゥ！」

再びアスラはロックリザードの頭にアスラ・インパクトを叩き込んだ！

そしてロックリザードのＨＰは消滅し、光となって消えた。

「やったな、アスラ」

俺は走り寄ってロックリザードのドロップアイテムをマジックバッグに仕舞ってから、アスラの頭を撫でる。

「グルゥー」

気持ち良さそうに目を細め、鳴くアスラ。

相変わらず可愛い。

それにしても何故アスラ・インパクトの威力が想像していたよりも少なかったのだろう。やっぱり原因は俺のスペースロックくらいしか思い付かない。

さっきのロックリザードが特別な個体には見えなかったしな。

なら次はアスラの攻撃が当たる直前にタイミングよくスペースロックを解除してみよう。

そう考えた俺は、アスラと共に再びロックリザードを探して歩き回る。

すると、運良くまた一体でいるロックリザードに遭遇した。

「さっきと同じ作戦だ。頼んだ、アスラ」

「グルゥ！」

「キュエエ！」

ロックリザードが威嚇してくるが、まったく気にせず、アスラが走る。

「スペースロック！」

さっきと同じように空間を固定するイメージをして魔力を込め魔法を発動する。ロックリザードが威嚇した状態で固まった。

「グルゥ！」

そこでアスラが前足を上げ、ロックリザードの頭めがけて叩き込む。

いまだ！

アスラの両前足がロックリザードの頭に叩き込まれる直前にスペースロックを解除した。


ドゴッ!!

そして決まるアスラ・インパクト。俺の魔法が破壊された音はしない。

ロックリザードのＨＰは……七割も削れている！　成功だ！

やっぱり俺のスペースロックがアスラ・インパクトの邪魔をしていたのか。そんなに威力が減るとは思わなかったな。

っと、いまはロックリザードだ。

「アスラ、トドメだ！」

「グルゥ！」

頭が埋まって動けないロックリザードに再びアスラがアスラ・インパクトを決めて、ロックリザードは光になって消えた。

アスラがドロップアイテムを咥えてきてくれる。

「ありがとう」

ドロップアイテムを受け取って仕舞い、アスラを撫でる。

「この調子でどんどんいくぞ」

「グルゥ」

この作戦ならロックリザード一体に負ける気がしない。

ただ、スペースロック一回でＭＰが１００ほど減るのでＭＰ管理には注意しないとな。

それから俺とアスラはロックリザードを探して倒し続けた。ロックリザードが二体以上のときは避けて一体を倒す。そうしているうちにアスラはメキメキと強くなり、俺は時空間魔法の腕がどんどん上がっていく。

いまのアスラはロックリザードをアスラ・インパクトで一撃で倒せるし、俺はわざわざ腕を伸ばしてポーズをとったりしないで、あまり集中せずともスペースロックを発動してロックリザードを止めることが出来るようになっている。

凄い成長だ。やっぱり90レベル以上のモンスターを倒し続けるっていうのは経験値的に最高だと思う。

ちなみに、いまの俺とアスラのステータスはこんな感じ。

＝＝＝＝＝＝＝＝＝＝＝＝＝＝＝＝＝＝＝＝＝＝＝＝＝＝＝＝＝＝

○名前：ドラゴン
○種族：【ドラゴニュートLV85】
○職業：【ドラゴンテイマーLV71】【時空間魔法使いLV30】
○スキル：【龍化LV5】【テイムLV46】【時空間魔法LV21】
○モンスター1／2：【アスラ】
○称号：【ドラゴン狂い】
○HP：1392／3370

○ＭＰ：１２９０／３８２１
＝＝＝＝＝＝＝＝＝＝＝＝＝＝＝＝＝＝＝＝＝＝＝＝＝＝＝＝＝
＝＝＝＝＝＝＝＝＝＝＝＝＝＝＝＝＝＝＝＝＝＝＝＝＝＝＝＝＝
○名前：アスラ
○種族：【アースドラゴン（ユニーク）ＬＶ82】
○主：ドラゴン
○スキル：【アースブレスＬＶ19】【土魔法ＬＶ25】【母なる大地】
○ＨＰ：５７２５／５７２５
○ＭＰ：３５８０／３５８０
＝＝＝＝＝＝＝＝＝＝＝＝＝＝＝＝＝＝＝＝＝＝＝＝＝＝＝＝＝

とうとう俺もアスラもレベルが80を超えた。ていうか、アスラのＨＰの伸びがヤバイ。

５０００を超えちゃっているし、【母なる大地】の効果でＨＰとＭＰが完全に回復もしている。

俺なんてちょくちょくＭＰ下級回復薬を飲んでいないと間に合わないのに。

【アースブレス】と【土魔法】をあまり使っていないせいでレベルが上がっていないのがちょっと残念ではあるが、まぁ十分だろう。

時間は01：00。ゲーム内時間は16：00だ。

もういい時間だし、そろそろログアウトして寝たほうがいいかな。

ゲーム内でもあと一時間くらいで暗くなってくるし。

ただ、ＲＤＷでは街やセーフティエリアにいなければログアウトが出来ない。

俺はここら辺のセーフティエリアを知らないので、ログアウトするにはウスルの街に戻らなければならないだろう。

いまからウスルに戻るとなると、途中で辺りが暗くなってしまうが、仕方がないか。

それにＭＰ下級回復薬も残り一個しかないし、初心者回復薬でもいいから街で補給したい。

もしかしてウスルなら下級回復薬も売っているかもな。

「アスラ、ウスルに戻ろうか」

「グルゥ」

そうして俺とアスラは山を出てウスルへの道を歩き始めた。

ゲーム内時間で十七時を過ぎた辺りで周囲が暗くなってきた。アイテムボックスからマジックランタンを取り出し、明かりをつけて周囲を明るくしながら歩く。

道中は行きと同じくモンスターが出てこない。やっぱり山に入るまではモンスターが出ないんだろう。

楽で良かった。暗闇の中での戦闘は大変そうだしな。

そんなことを思いながら二時間ほど歩いていると街の明かりが見えてきた。

「やっとウスルだ」

「グルゥ」

俺とアスラは足早に門に近付いていく。

すると、門の脇に立っていた兵士らしきＮＰＣが、俺とアスラを見てビクッと震える。

マジックランタンをつけているから、俺たちには気が付いていたと思うんだけど。

とりあえず声をかけよう。

「お疲れ様です」

そう言って会釈する。

「えっ、あっはい」

えっ、あっはいってなんだよ⁉

変な返事をするＮＰＣの姿に少し笑いそうになるが、堪えてアスラと門を抜ける。

特に止められることもなかった。

「ふぅー、街に着いたな」

「グルゥ」

「じゃあ俺はログアウトするよ」

「グルゥー」

「また明日な」

「グルゥ」

「ちゃんと来るからさ」

「グルゥ！」

「あぁ絶対な。ログアウト」

俺は少し寂しそうにするアスラを撫でてからログアウトした。


「戻ってきた」

ベッドに横になったままＶＲゲーム機のスイッチを切る。

「はぁ」

ゲームの中にもっといたいが、俺も生きている人間なので睡眠も食事も必要だ。

面倒だが、仕方がない。

でも、出来るだけアスラに早く会いたいし、アスラも待っていてくれるだろうから朝六時に起きよう……もう深夜二時になるけど。

俺はスマホのアラームを６：00にセットして、そのまま目を閉じた。

「おやすみ、アスラ……」

意識がすぐに薄れていった。

第六章　空間魔法

ピピピッピピピッ！

「あー……朝かぁ……ねみー」

スマホのアラームで目を覚ました俺は反射的にアラームを解除する。

「あー……起きな……」

あまりの眠さに再び眠ってしまいそうになるが、脳裏にアスラの姿が浮かび、俺は体をなんとか起こした。

「眠すぎる……でも、ログインしたい」

このままだと再び眠ってしまうので、俺はシャワーを浴びて目を覚ますことにする。

ＶＲ用のベッドから立ち上がり、着ていた服を脱衣所のカゴに適当に放り込んで、シャワーを浴びる。

その後、綺麗なパンツとシャツを着てソファーにドカッと座った。

「ふぅー。なんとか目は覚めたな。まぁまだ眠いけど、これならゲームが出来るだろ」

時間は六時十五分。

どうしよう？　すぐにＲＤＷにログインしたいところだが、朝食も食べておきたい。

お腹はあまり空いてないけど、朝食抜くとキツイからなぁ。

とりあえずコンシェルジュさんに頼んでみようか。

受話器を取り、内線電話でコンシェルジュさんに連絡する。

『御用でしょうか？』

出たのは昨日と同じく大城さんだった。

大城さん、朝早いな。もしかして昨日からいるのかなぁ。

てか、大城さんの他にこのフロア担当のコンシェルジュさんっていないのか？

そういえば、いつも内線で出るのは大城さんだ。

そんなことを考えつつ、用事を伝える。

「朝食を用意出来ますか？　出来るだけ早いといいんですけど」

『かしこまりました』

「お願いします」

受話器を戻して再びソファーに座る。

「あ、ズボン穿いとこ」

昨日と同じように慌てたくはないので、ソファーから立ち上がって綺麗に畳まれたズボンを取り、穿いた。

ピンポーン。

そうしているとインターホンが鳴る。

はやっ！　まだ五分も経ってないぞ。

驚きながらも玄関に行って扉を開けると、昨日と同じようにトレーを持った大城さんが立っていた。

「おはようございます」

「あ、おはようございます」

「朝食をお持ちしましたので、テーブルに置かせていただきますね」

「はい」

大城さんは俺の部屋に入ってテーブルにトレーを置いた。トレーの上にはサンドイッチが乗っている。

「シャワーを浴びたようですので、洗濯物を持っていきます」

だからなんで分かるんだよ。

謎に思いつつ大城さんが脱衣所からカゴを持ってきたのを見る。そこで大城さんが何故か俺の顔をジーと見てきた。

「……あのー、なんですか？」

「疲れているようですね。ゲームですか？」

「あ、はい」

なんで分かるんだよ。そこまで疲れた顔をしていないと思うし、ゲームなんて一言も言ってないんだけど……多分。

「もしかしてＲＤＷですか？」

「え？」

「違いましたか」

「いえいえＲＤＷです！」

まさか大城さんの口からＲＤＷという言葉が出るとは思わず、つい固まってしまった。

「大城さんもＲＤＷやってるんですか？」

「いえ、私はやってないんですけれど、弟がよく言っているので」

「弟さんが」

「はい。ＲＤＷは最高だけど、金がなくなるって言ってましたね」

「確かにそうですね」

そうだ、さっきのことを大城さんに聞いてみようか。

「そういえば、大城さんの他にこのフロア担当のコンシェルジュさんっているんですか？」

「コンシェルジュは五十名ほどいますが、このフロア担当は私を含めて三名です。ただ、このフロアメインなのは私だけですが」

まったく知らなかった。他にもいたんだな。

「そうだったんですか。大城さん、昨日も今日もいましたし、他のコンシェルジュさんを見ないから大城さんだけなのかと思っちゃいましたよ」

「たまたまです。私が休みの日もありますから、そのときに他のコンシェルジュに会えるでしょう」

別に大城さん以外のコンシェルジュさんに会いたい訳ではないんだけど。

「では、私はこれで失礼します」

「ありがとうございます」

大城さんはそう言ってカゴを持って出ていった。

「あ、やべ」

大城さんとの会話でＲＤＷに早くログインしたいことを忘れてた。

時間は六時二十五分。

俺は速攻でサンドイッチを口に詰め込み、冷蔵庫からペットボトルを取り出して紅茶を喉に流し込んだ。

「急げ急げ！」

ペットボトルを冷蔵庫に仕舞ってからトイレに駆け込んで用を足し、寝室に向かう。

すぐにＶＲ用ベッドに寝転がりＶＲゲーム機の端末を頭に装着、スイッチを入れる。

「ＲＤＷログイン開始！」

俺はゲームの世界へと旅立った。

ＲＤＷにログインした俺の視界にアスラの顔が飛び込んでくる。

「グルゥ！」

「うおっ！」

アスラが俺の体に頭をスリスリする。

いつものやつだ。俺はそれに応えて撫でてやる。

「お待たせ、アスラ」

「グルゥー」

アスラは大丈夫だと言うように鳴いた。

可愛い奴め！

さて、今日はまずなにをしようか？

とりあえず、冒険者ギルドに行ってロックリザードのドロップアイテムの売却だろ。

いや、ロックリザードのあの岩のような鱗って防具とかに使えるのかな？

それなら少し取っておいたほうがいいよなぁ。でも、金もないし売りたい。そこら辺は冒険者ギルドに行って聞いてからだな。

あとはＭＰ回復薬だ。もう俺が持っているＭＰ下級回復薬は一個しか残ってないし、補充しておきたい。

ついでにＨＰ回復薬もいくつか欲しい。もしものときのために。

この街で回復薬が売っている場所を知らないから、これも冒険者ギルドで聞かないとな。

その後はゴラさんのところに顔を出そう。金が残っていれば新しい防具か、なにかのアイテムを買ってもいいしな。

そしたらまた山に行ってロックリザードでレベル上げだ。

早く山の頂上に行きたいけど、焦って失敗するのも嫌だから、最低でもロックリザードのレベルを超えるくらいのレベルまで上げたい。

そこまで上がれば、もうロックリザードが二体出てこようと苦戦はしないはず。

よし、決まりだ。

「アスラ、まずは冒険者ギルドに行くぞ」

「グルゥ」

アスラと触れ合いながら計画を立てた俺は、触れ合いを終えてアスラと共に冒険者ギルドに向かって歩きだす。昨日来た冒険者ギルドに着く。

いや、ゲーム内時間で言えば一昨日か。

そんなどうでもいいことを考えながらアスラと冒険者ギルドに入る。

いつものように視線が集まるが気にせず進む。カウンターには一昨日もいた、あの黄色い髪の受付嬢が同じように立っていたので、近付いて声を掛けることにした。

「こんにちは」

「こんにちは、ドラゴンさん。一昨日ぶりですね」

「はい。ちょっと山に行ってまして」

俺がそう言うと、受付嬢は俺のことを面白い奴を見るような目で見てくる。

「ドラゴンが出るって聞いたのに、わざわざ行ったんですか」

「ははは……」

受付嬢はアスラに視線を移すと笑みを浮かべる。

「なるほど。物好きな人ですね」

どうやらこの受付嬢に、俺がドラゴンを追いかけてなにをしようとしているのか、気付かれたようだ。

「いやぁ、ドラゴンが好きでして」

「人の勝手ですけど、命は大事にしてくださいね」

「はい」

冒険者ギルドの受付嬢に、命を大事に、なんてことを言われるとは思ってなかったな。

「それで今日はドロップアイテムの売却ですか？」

「はい。ロックリザードを結構倒したので。それでロックリザードのドロップアイテムの鱗なんですけど、これって防具とかに使えますかね？」

受付嬢は首を横に振る。

「使えないこともないですが、止めておいたほうがいいですよ」

「どうしてです？」

90レベル超えのドロップアイテムで防具を作れるなら強いと思うんだけど。

「ロックリザードの鱗で防具を作ると、見た目が岩の塊みたいになって、重いし動きも阻害されるして、いいことなしです。前に作った人がいましたけど、加工費だけ無駄にかかって後悔してましたよ」

マジか。これで防具を作れれば強いと思ったんだけどなぁ。もったいない。

「じゃあロックリザードの鱗ってどうするんです？」

「ロックリザードの鱗は錬金術の素材に使われますね。詳しくは知りませんけど、鱗の中にある少量の素材を取り出して使用するみたいですよ」

錬金術の素材だったのか。それじゃ俺には関係ないな。

「どうします？　こちらで売却しますか？」

どうせ持ってても使わないだろうし、邪魔になるから売ってしまおう。

「じゃあ全部売却します」

「分かりました……あ、ちょうどロックリザードの鱗十個の納品依頼が一件ありますので、受けますか？」

「お願いします」

「では、カウンターにアイテムを出してください」

俺はマジックバッグからロックリザードの鱗を三十八個取り出してカウンターに置いて、次にアイテムボックスから四個取り出して置く。

「ん？」

そこで受付嬢が目を見開いて驚いた表情で俺を見ていることに気が付いた。

なんだろうか？　俺、なにかしたかな？

「いまのって……まさか【空間魔法】ですか？」

興奮気味に受付嬢が聞いてくる。

「そうですけど」

もしかして俺の時空間魔法に驚いていたのか？

「うわー珍しい。冒険者さん【空間魔法使い】だったんですね！　ドラゴンも連れているのに！」

俺のは【時魔法】と【空間魔法】が混ざった魔法だけど……まぁ黙っとこう。いまは【空間魔法】についてだ。

「そんなに【空間魔法】って珍しいんですか？」

「ドラゴンを連れているよりは珍しくないですけど、【空間魔法】って、使えたらそれだけで仕事に困らないですし、何処からも引っ張りだこですよ！」

確かに【空間魔法】って便利だよな。何処にでもアイテムを多く運べるし。仕事に困らないってのも納得だ。

でも、意外だったな。アスラにも驚かなかったこの受付嬢が【空間魔法】でこんなに驚くなんて。

「それに空間魔法使いが育って【時空間魔法使い】や【空間転移魔法使い】になれば出世も夢じゃないです！」

「うん？」

俺の魔法が【時空間魔法】だから【時空間魔法】のことは分かるけど、【空間転移魔法】って初めて聞いたな。なんだろう？

「【時空間魔法】は分かるんですけど、【空間転移魔法】ってなんですか？」

「知らないんですか⁉　【空間転移魔法】っていうのは【空間魔法】に加えて、離れた場所に人や物を一瞬で移動させることが出来る魔法ですよ！」

なるほど。何処にでも転移出来るなら凄い魔法だな。

転移か……いいなぁ。転移出来ればここから山まで一瞬だろうし、移動の時間を考えなくていいって楽だよな。

時空間魔法使いが育ったら、時空間転移魔法使い……なんてのになったりはしないかなぁ。

そういえば、この受付嬢は【空間魔法】についていろいろと知っているみたいだけど、アイテムボックスの拡張のことについてもなにか知らないかな？　聞いてみるか。

「俺がいまやった異空間にものを仕舞う魔法についてなにか知りませんか？」

「え？　どうしてですか？」

不思議そうに受付嬢が言う。

空間魔法使いが【空間魔法】のことについて聞くんだから、そりゃ不思議に思うよな。

「実は俺って自分以外の空間魔法使いに会ったことがなくて、【空間魔法】についてよく知らないんですよ」

「どうやって空間魔法使いになったんですか？」

「それは……なんとなくなれちゃった的な？」

「はぁー」

受付嬢が大きなため息をついた。

やっぱり駄目か？

「ドラゴンなんて連れてるし、冒険者さんは普通とはちょっと違うんでしょうね。いいですよ。具体的になにが聞きたいんですか？　前にこのギルドに空間魔法使いの方がいたので、それなりに私は詳しいですよ」

ラッキー、やった！

「さっきも言ったんですけど、異空間にものを仕舞う魔法に困ってまして。具体的にはその空間を大きく拡張したいんですけど、出来ないんですよね」

「なるほど。それって空間魔法使いがよくやる失敗らしいですね」

「え？」

そうなの？

「なんでも異空間に空間を創る魔法っていうのは、創る時には少ない魔力である程度の空間を創れるらしいんですが、創った後から広げるにはかなりの技術と魔力が必要なんだそうです」

やっぱり難しいのか。

「なので空間を広げたい場合は、一度創った空間を破壊してから、もう一度異空間に空間を創り直すのがいいらしいですよ」

「なるほど」

そういうことだったのか。

それなら俺も成長したし、アイテムボックスを一度創り直したほうがいいだろう。

「ただ、熟練の凄腕空間魔法使いになれば、後から空間を広げるほうが簡単になるとかいってましたね」

はぁー。そういうもんなのか。まぁ、俺はまだまだヒヨッコ魔法使いだからな。

「これで疑問は解決出来ましたか？」

「はい、ありがとうございます」

「では、ドロップアイテムの買い取りに戻ります」

あっ！　すっかり忘れてた。

「納品依頼の報酬が二十七万R。三十二個売却で八十万R。合計で百七万Rです」

受付嬢がせっせとロックリザードの鱗を運んで、かわりに大量の金をカウンターに置いた。

それにしても百万超えたか。稼いだな俺。

俺はカウンターの上の金を受け取る。所持金が百七万八百Rになった。

あとは回復薬の補充のために店の場所を聞かないと。

「あとはなにかありますか？」

「回復薬が欲しいんですけど、売っている場所を教えてもらえますか？」

「回復薬ですか。この街に錬金術師さんが直営しているお店はないので、こちらで委託販売してますよ」

冒険者ギルドで回復薬を売っているのか。店を探さなくて済んだな。

「ただ、回復薬は高いですよ？　まぁ一回に百万R以上稼ぐ冒険者さんにとっては安いと思いますけど」

「いくらですか？」

「こちらで販売しているのは、初心者回復薬が一個五千R。下級回復薬が一個二万Rですね」

高っ⁉　……まぁでも下級回復薬が売っていたのは幸運か。

いまの俺じゃ初心者回復薬なんて使っても大した意味ないしな。

だって初心者回復薬って50しか回復しないし。

HP下級回復薬は四個あるからあと六個買って、MP下級回復薬は一個しかないから十九個買っておこう。

「じゃあHP下級回復薬六個とMP下級回復薬十九個ください」

「分かりました」

受付嬢がカウンターの上に下級回復薬を運んでくる。

「全部で五十万Rですね」

うわー。せっかく百万稼いだのに一気に五十万も飛んでいったよ。まぁ、また稼げばいいけど。

俺は五十万Rをカウンターに置いてマジックバッグに下級回復薬を仕舞う。

ついでにアイテムボックスの中の下級回復薬もマジックバッグに移しておく。

本当はアイテムボックスの中がいいんだけど、容量が14しかないし、同じ場所に仕舞っておくほうが、使いやすいしね。

「使用して空になった小瓶ってありますか？　あれば百Rで買い取りますよ」

「あ、あります」

　実は小瓶は五個あったのだが、そのうちの二個を落として割ってしまった。百Rで買い取ってくれるんなら、割らずに持ってくれば良かったか。

　俺はカウンターにアイテムボックスから小瓶を三個取り出して置く。

「はい。では、三百Rです」

　これで俺の所持金は五十七万千百Rだ。

　これだけあれば、ゴラさんのところに行ってもなにか買えるだろ。

「じゃあ用は済んだので俺たちは行きますね」

「はい。また」

　受付嬢は綺麗にお辞儀した。

「アスラ、行こう」

「グルゥ」

　俺とアスラは受付嬢とその他のＮＰＣに見送られ、冒険者ギルドを出た。

冒険者ギルドを出た俺とアスラはそのまま【ゴラの武具】へと向かう。

「アスラ、じゃあ待っててくれ」

「グルゥ」

やっぱりアスラは店の中には入れないので、外で待っててもらうことになる。

もう外で待っているのも三回目だ。

俺はアスラを残して【ゴラの武具】へと扉を開けた。

「こんにちはー」

「いらっしゃいませ。あら！　ドラゴンさんじゃないですか」

カウンターには、この前と同じようにアラさんがいた。

「金が出来たので装備を買いに来ました」

「流石はドラゴンさんね。こんなに早くまた来ていただけるなんて」

「いやー、本当は金を貯めておいたほうがいいんでしょうけど、俺は使っちゃうんですよね」

実際もう冒険者ギルドで五十万R使っているし、今から新しい装備を買おうとしているのだから金が貯まらない。

まぁこういうのも冒険者っぽいイメージで俺は嫌いじゃない。

「冒険者さんって稼げるのにお金がなかなか貯められないって聞きますもの」

「やっぱりそうなんですね」

「今日は防具ですか？」

うーん。なにかいいものがあれば防具以外でもいいんだけど、一番はやっぱり防具かなぁ。

「防具以外に俺に合うものってありますか？」

「そうねぇ……今はあまりないかしらね。ごめんなさいね」

アラさんは少し考えてからそう言った。

じゃあやっぱり防具か。

「いえ、では防具を買いますね」

「それがいいですね。でも、悪いんだけど今ちょうど主人が裏で作業しちゃっているんです。もう少しで終わると思うから、待っててもらえますか？」

「分かりました」

少しぐらいなら待ったほうがいいよな。

それにしても、なんだかアラさんは敬語が言いにくそうに感じる。

時々素が出そうになってるよな。もしかして苦手なのかな？

「もしかしてアラさんって敬語とか苦手です？」

「分かっちゃいました？　主人と同じで本当はこういう喋り方、苦手なんです」

やっぱりそうだったか。

「じゃあ無理して敬語使わなくていいですよ。俺もそっちのほうが話しやすいですし」

「そう？　悪いわね。じゃあこれでいかせてもらうわ」

こっちのほうがいいね。アラさんが自然っぽい。

「それで、ドラゴンさんは何処に行ってたの？」

「北の山に行ってました」

「北の山に。あそこはロックリザードの生息地だったわよね？」

「はい。最初は少し苦労しましたよ」

実際一回死にかけたしな。

「ロックリザードって、硬くて面倒なモンスターらしいわね。ドロップアイテムがウチで使えないからあまり縁がないいんだけど」

「そうみたいですね。俺はドロップアイテムの使い道を聞くまで、防具とかに使えると思ってました」

ロックリザードの鱗は錬金術の素材だもんな。そりゃ、ここでは使わないか。

「よくそんな硬いロックリザードを倒せたわね」

「ほとんど俺の相棒のお陰ですよ。俺なんて援護くらいしかしてません」

「ドラゴンさんの相棒っていうと、この間言っていたドラゴンかしら？」

「はい。アスラっていって、カッコ良くて可愛くて優しくて強いドラゴンなんです！」

「へぇーそうなの。ドラゴンさんってよっぽどアスラっていう子が好きなのね」

アラさんは優しい笑顔でそう言った。

俺は迷わず頷く。アスラが俺の最初のモンスターで本当に良かった。

もし他のドラゴンが出ても俺は大事に接しただろう。でも、いまとなっては最初のドラゴンはアスラ以外あり得ない。

もう特別なのだ。

「アスラっていう子もドラゴンさんが主人で幸せね」

そうなのかなぁ。

そういえば、アスラが俺を本気でどう思っているのか、ちゃんと考えたことがなかった。

アスラは優しい。よく俺を気遣ってくれるし、助けてくれる。かと思えば甘えてきたり、触れ合ったりもする。

アスラが俺といて嬉しいのは分かる。

だから、アスラも俺といて幸せだと、俺が特別だと思ってくれていればいいなぁ。

「ふふ。テイマーやサマナーとモンスターの関係っていうのはいろいろな形があるけど、私は一緒にいて幸せそうな関係が一番好きだわ」

確かにアラさんの言う通り、お互いが信頼し合って幸せそうな関係が一番いいかな。

「そうですね。俺もそう思います。他には考えられないですよ。でも、いろいろな形って他になにかあるんですか？」

俺の言葉を聞いたアラさんの表情が曇る。

まずい。なにか言ってはいけないことだったか。

「悲しいことにね……テイマーやサマナーの中には自分のモンスターを道具だと考えて使役している人がいるの」

「それってどういう……」

「おう！　おめぇ来てたのか」

そこで奥からゴラさんが現れて声をかけてきた。その時にはもうアラさんはいつもの優しい表情に戻っていた。

「あら貴方。作業は終わったの？」

「おう、バッチリだ。それでおめぇはまた防具を買いに来たのか？」

「え、ああ、はい。そうです」

さっきのアラさんの話は気になるけど、いまは防具のことだな。

「今回の予算はいくらだ？」

「今回も五十万Rでお願いします」

手元には七万R残るし、五十万R使ってもいいだろう。

「じゃあ今日は脚防具だな。五十万Rあれば結構いい脚防具が買えるぞ」

「では俺に合う、なにかいい脚防具はありますか？」

「ちょっと待ってろ」

ゴラさんは壁の棚に行って黒い脚防具を一着持ってくる。

「五十万Rで買えて、おめぇに合いそうなのはこれだな」

俺はゴラさんから黒い脚防具を手渡される。

「これは？」

「そいつはシャドウタイガーの革を使って作った脚防具だ。防御力はただの鉄防具よりも上だし、影属性に耐性もある。もちろんサイズ自動調整も付いてるぞ」

シャドウタイガーも影属性ってのも初めて聞いたが、見た目も効果もなかなかいい防具じゃないだろうか。

「値段は四十五万一千Rだ。どうだ、買うか？」

「買います」

ゴラさんが選んでくれたんだし、外れってことはないだろう。なら買おう。

俺はカウンターに四十五万一千Rを置いた。

「なら一回着てみろ。サイズ自動調整があるから合わないってことはないだろうがな」

「はい」

俺はいま履いている脚防具に手をかけて……止まる。

「どうした？」

動かない俺にゴラさんが不思議そうな顔で聞いてくる。

「いや、あのー、アラさん？」

「なあに？」

アラさんはニコニコ顔で俺を見ている。

「ゴラさんはいいんですけど、アラさんに見られてたら着替えられないんですが」

「なんだおめぇ。ウチのカミさんのことを気にしてるのか」

「慣れてるから気にしなくていいのよ」

いや、慣れてるとかそういうことじゃなくて。

「流石におっさんのパンツ姿を見せる訳には」

「いいから早く着替えろ」

結局、俺はゴラさんとアラさんの前で着替えた。着替えている間もアラさんはいつもの笑顔だった。

「おう、悪くねぇな」

「そうですね……」

履き心地はいい。サイズ自動調整のお陰でピッタリだ。

「その脚防具はどうすんだ？　もう要らねぇならこっちで処分するが」

ゴラさんが俺の穿いていた初期装備のズボンを見て言う。

要らないし、処分してもらおうか。

「じゃあ、お願いします」

「おう」

初期装備の脚防具をゴラさんに手渡す。

「もう金はねぇんだろ？」

「あと少しだけ」

残金は十二万百Rだ。

なにか買えなくもないだろうが、もう少し貯めてからいいものを買ったほうがいいだろう。

「ならまた稼いできな！」

「はい、また来ますね」

「待ってるわ」

「ではまた」

俺はふたりに見送られて店を出た。

【ゴラの武具】を出ると、すぐにアスラがこっちに気付いて寄ってくる。

「グルゥー」

「お待たせ」

アスラはいつものように頭を擦り寄せることをせずに、俺の新しいズボンを見ていた。

「お？　気が付いたか。これが今回買った新しい防具だ。どう？　似合うか？」

「グルゥ！」

アスラは頭を大きく縦に振って喜んだ。

俺の新しい防具なのに、まるで自分のことのように喜んでくれるアスラに俺も嬉しくなる。

「ありがとう！」

「グルゥー」

俺たちはいつものように頭を撫でたり擦り寄せたりして喜び合う。

《クットー平原のフィールドボスが倒されました。これによりシナピムの街が解放されます》

そうやってアスラと触れ合っているとワールドアナウンスが流れてきた。

どうやら昨日に続いて何処かのフィールドが攻略されたようだ。

ゲーム内では一昨日だったか。

クットー平原もシナピムの街も、首都バリエの冒険者ギルドでは聞かなかった地名だ。なので、おそらくはシュツル王国ではなくエルガオム帝国側のフィールドだろう。初心者フィールドかどうかまでは分からない。

まぁ、いまの俺には関係ないことだな。

「よし！　準備も済んだし、じゃあ山に向かうぞー！　今度こそ山の頂上まで登る！」

「グルゥ！」

いまの俺とアスラなら、ロックリザードが二体三体来ようが倒せる自信がある。

俺もアスラも気合十分に北の門へと歩きだした。

「あ、街の外でアイテムボックスを一回試させてくれ」

「グルゥー」

受付嬢に聞いた通りにアイテムボックスを一度創り直したい。

何事もなく北門を抜けた俺とアスラは、一昨日魔法を練習した場所に辿り着いた。

「じゃあさっさとやっちゃうから、アスラは少しだけ待っててくれ」

「グルゥ」

アスラは短く返事をして、少し離れたところに移動した。

「やるか！」

受付嬢の言う通りにアイテムボックスを創り直すには、まずアイテムボックスを破壊しなくてはならない。

とりあえず、アイテムボックスの中に入っているシートとマジックランタンを取り出して地面に置く。

アイテムボックスの中にものが入っていたら、どうなるか分からないからな。

破壊の仕方だが、普通にアイテムボックスを破壊するイメージで魔法を使えばいけるだろ。

いままでもイメージでいけてるしな。それに破壊するだけなら簡単そう。

俺の今のＭＰは３８２１。

満タンだ。早速、破壊しよう。

集中してアイテムボックスを破壊するイメージをしながら魔力を込める。

そして――

「アイテムボックス破壊！」

俺の目の前にいつもの黒い穴が現れると、その黒い穴にヒビが入り砕けて消えた。

これは成功か？

ＭＰは……３８１１。減っている。

念のため、普段アイテムボックスを開けるようにやってみるがアイテムボックスは出現しない。

どうやら無事に破壊出来たようだ。

「よし。次は創るだ」

破壊してアイテムボックスを再び創る。

そうすれば、容量が前より大きいアイテムボックスが創れるはず。いまの俺は一昨日よりも時空間魔法のレベルが上がっているし、ＭＰも増えている。

これで前より小さくなるなんてことはないだろう。

俺は集中し始める。

感覚を研ぎ澄ませ、イメージする。一昨日と同じようなイメージ。アイテムボックスだ。

異空間に自分の魔力で創れるだけの領域を創り、そこにアクセスする。

マジックバッグのように入れたもののリストも表示されるように。

魔力を込めて集中、イメージして――

「アイテムボックス！」

魔法を発動した。一昨日と同じように黒い点が現れて大きくなり穴となる。

成功だ。

だが、問題はこの新しいアイテムボックスの容量。黒い穴に手を突っ込んでリストを表示させ容量を確認する。

容量は……32。

よし！　増えてる。完全に成功だな。

でも、俺の予想だとMPが３８００もあったから38以上になると思ったんだけど違った。

単純に１＝１００じゃないのか。まぁ増えたんだからいいか。

早速、地面のシートとマジックランタンをアイテムボックスに突っ込んでから、下級回復薬をマジックバッグから取り出して、これも突っ込む。

準備完了。

「アスラー、終わったぞー」

「グルゥ」

アスラを呼ぶとすぐに近付いてきて頭スリスリ。

「ははは、さっきやったばっかりだろー」

「グルゥ」

そう言いつつも俺もアスラを撫でてやる。

十分ほどそうやって触れ合って満足したので、再び山へと出発した。

アスラと一緒に二時間以上歩き続けて山に辿り着いた。
しかし――

「もう暗くなるな」

「グルゥ」

ゲーム内時間は十七時過ぎ。もう日が落ちて、辺りが暗くなってくる。今日はここで野営かな。

いちおう夜でもマジックランタンがあるので山を登れるが、ＲＤＷでの夜はモンスターが昼間よりも凶暴になり手強くなる。

それに夜にしか出現しない強力なモンスターもいるらしいから、出来れば夜のフィールド移動は避けたい。

なので、今日は山の手前の場所で朝まで休憩だな。

「アスラ、シートを敷くぞ」

「グルゥー」

俺は地面にシートを敷くとアスラがこの前と同じ場所に寝そべった。

それを見て俺もまたアスラの体を背にしたくなる。

「アスラーまた寄りかかっていいか？」

「グルゥ」

返事はＯＫ。

「じゃあ失礼して」

俺はこの前のように、アスラに体を預けてダラーっとする。

相変わらず気持ちいいし、とても楽だ。

さて、このままスリープ機能で朝まで寝ても良いのだが、せっかく時間があるので今日も寝る前にゲーム内掲示板を覗いてみよう。

まぁ、この前と同じように北のフィールドを攻略したプレイヤーの話題がメインになっているだろうな。

そう思いながらゲーム内掲示板を開く。

「あれ？」

てっきりタイバの森の話題でまだいっぱいだと思ったんだけど……違うな。

いや、少しは話題になっているけどメインではない。どうやらいまの大きな話題は、ウスルで聞いたワールドアナウンスについてらしい。何処のスレを見てもその話題が出ている。

詳しく読んでみる。

……なるほど。

昼間のワールドアナウンスで通知された攻略されたフィールドというのは俺の思った通りエルガ

オム帝国のフィールドだったようだ。

そして攻略されたクットー平原っていうのは、エルガオム帝国の首都リリウスの南のフィールドらしいのだが、その攻略されたクットー平原っていうのが問題らしい。

シュツル王国の首都バリエの周辺で北が一番難易度が高いのだが、エルガオム帝国ではその逆。南が一番難易度が高くモンスターのレベルが高い。

つまりモンスターレベル50超えのフィールドを、俺たち以外のプレイヤーの誰かが攻略したということだ。

「驚いたな」

まさか俺たちみたいにこんなに早くモンスターレベル50のフィールドを攻略したプレイヤーが出てくるなんて。

俺もいつかは出てくると思ったが、それでもまだ先だと思っていたんだけどな。

俺のように大金をかけてアスラのような強力な使役モンスターでも手に入れたのかね？

それとも運良くメチャクチャ強力な職業を手に入れたのか、プレイヤースキルが段違いに高いのか。

気になるクットー平原を攻略したプレイヤーだが、やっぱりまだ判明していないようだ。

よほどの目立ちたがりでもなきゃ自分から名乗り出ないよな。俺も誰かにバレるまでは自分から言うつもりはないし。

しばらくは攻略したプレイヤーも新しい街を拠点にしてレベル上げでもするんだろうな。

その他の話題はギルドを作ったとかで、あまり俺は興味がない。

もういいか。

俺はゲーム内掲示板を閉じて、スリープ機能を朝六時にセットする。

「アスラ、俺は寝る。おやすみー」

「グルゥ」

俺はスリープ機能を起動して眠りについた。

第七章　動き始めた運命

「ふわぁー……朝か」

スリープ機能で擬似的に眠って、スッキリと目覚めた俺はゆっくりと体を起こす。

「グルゥ」

すると、後ろからおはようという朝の挨拶が聞こえてくる。

「おはよう、アスラ」

俺は振り返って、挨拶をしてきたアスラに挨拶を返す。

というか、アスラはグルゥとしか鳴いてないのに、俺には自然におはようって言っているのが分かった……多分。

……嘘だ。なんとなく分かるだけで完全には分からない。いつかは完全にアスラの言っていることが分かるようになりたい。

そんな願望を抱きながら俺は立ち上がって体を伸ばす。

「うぅんー、あぁー」

そうしているとアスラがシートから立ち上がって俺の横に来て体を伸ばした。

「これって気持ちいいよな」

「グルゥー」

アスラと体を伸ばした後、シートをアイテムボックスに仕舞う。

昨日使ったMPは全回復している。準備万端だ。

「よし、今日こそ山の頂上に登るぞ！」

「グルゥ！」

俺とアスラは気合を入れて山へと足を踏み入れた。

「お、早速来たぞ」

「グルゥ」

山を登りだして数分でロックリザードが一体現れる。

いまさらロックリザードが一体出たところで、俺たちは止められない。

「いくぞ、アスラ！」

「グルゥ！」

アスラがロックリザードに向かって走りだす。

「スペースロック！」

その姿を見てすぐにスペースロックを発動して、ロックリザードの動きを止めた。

そこでアスラがロックリザードに辿り着き、後ろ足で立ってアスラ・インパクトの体勢になる。

「いまだ！」

「グルゥ！」


ドゴッ！

アスラ・インパクトが決まる瞬間にスペースロックを解除。なんの障害もなくアスラの前足がロックリザードの頭に叩き込まれる。ロックリザードは悲鳴を上げる暇もなく光となって消えた。

よし、完璧だ。

「よくやったぞ、アスラ」

「グルゥ」

アスラに歩み寄って撫でてやると気持ち良さそうに目を細める。

そしていつものようにアスラは頭を擦り寄せる。

「この調子でどんどん行くぞ！」

「グルゥ！」

俺たちは勢い良く山を登って行き、ロックリザードが出現したら完璧な連携で倒していった。

そうして一時間くらい山を登っていると、遂に俺たちの前に奴らが現れた。

そう、ロックリザード二体組だ。

「出たな」

前はロックリザードが二体組で出たときは避けていたが、道を塞いでいるし、山を登るためには避ける訳にはいかない。それにいまの俺たちならば、奴らに負けるなんて考えられない。

やることは簡単だ。

俺がロックリザードたちの動きを同時に止める。そしてアスラがロックリザードを倒す。

いままでやってきたことを二体にやるだけだ。出来ないことはないはず。

ただ、少し心配なのは、アスラの攻撃が当たる時に、ロックリザードの周りの空間の固定を一体分ずつ解除出来るかだ。

いや、出来る。やるんだ。

「アスラ。ここまでと同じように俺がロックリザードの動きを止める。二体とも止める。だから、アスラはアスラ・インパクトをいつものように決めてくれ」

「グルゥ」

アスラは力強く頷く。俺も頷いて前を見る。ロックリザードたちが俺たちに気が付いてこちらを睨んでいる。

「頼んだ！」

「グルゥ！」

アスラがロックリザードたちに向かって走りだした。

少し右寄りだ。アスラの狙いは右か。

よし。集中しろ、イメージしろ。

ロックリザード二体をまとめて止める。周囲の空間の固定。

魔力を込めて……いくぞ！

「スペースロック‼」

その瞬間、ロックリザード二体の動きがピタッと止まったのが分かる。

やった、成功だ。だが、まだ気は抜けない。

次は片方だけの魔法の解除。アスラの攻撃が当たる瞬間にそのロックリザードだけ空間を元に戻さなければ。

「グルゥ！」

アスラが右のロックリザードの前に辿り着き、前足を上げ後ろ足で立つ。

そして——

「いま！」

俺は右の空間の固定だけ解除しようと魔法を解除する。

しかし……それは失敗した。

ドゴッ！

「クソッ、俺の馬鹿！」

アスラのアスラ・インパクトは右のロックリザードの頭に決まり倒せたが、左のロックリザードが動きだす。

失敗だ。右だけ解除しようとしたのに全体の固定を解除してしまった。

俺の下手くそ！

左のロックリザードがアスラを攻撃しようと動きだしたが、そうはさせない！

「スペースロック！」

俺は即座に再びスペースロックを発動してロックリザードの動きを止めた。

「やれ！　アスラ！」

「グルゥ！」

アスラが高くジャンプしてロックリザードに向かって降ってくる。

「マジか⁉」

そのアスラの行動に驚きながらも俺はロックリザードの魔法を解除する。


ドゴォォォ！


アスラと俺の連携が上手くいってロックリザードは光になって消えた。

「はぁぁ」

ロックリザードが無事に倒せたのを確認した俺は大きく息を吐いて脱力した。

危ねえ……すぐにスペースロックが発動出来て良かったぁ。

いや、ロックリザードにアスラが負ける訳はないんだけど、やっぱり俺のせいでアスラが不意を突かれるのは嫌だ。

それでももし怪我とかしたら最悪。

「グルゥー」

そんなことを考えていると、いつの間にかアスラが近付いていて頭を擦り寄せてきた。

「アスラ……慰めてくれるのか」

「グルゥ」

「ごめんな」

アスラが俺を信頼して動いていたのは分かっていたから余計申し訳ない。

「グルゥ」

それでもアスラは気にするなというように鳴いて俺を慰めてくれる。

「ありがとう……そうだな。いまの失敗を後悔しているだけじゃ仕方がない。大事なのは次にいまの失敗を活かして成功することだな」

「グルゥ」

失敗の原因は分かっている。

俺の技術不足、イメージ不足だ。

解決策は既にある。

俺はロックリザードの空間を固定するのにまとめて固定してしまった。

それをふたつに分けて固定すれば、さっきよりも簡単に片方だけの解除が出来るはずだ。

「次は成功するぞ」

「グルゥ」

そこでアスラの先ほどの攻撃を思い出す。

「そういえば、さっきのジャンプした攻撃、凄かったな！」

「グルゥ！」

「まさかいきなりジャンプするとは……よく思い付いたなぁ。めっちゃ驚いたわ」

アスラは褒められて嬉しそうだ。

「そうだ！　さっきのジャンプする攻撃に【アスラ・インパクト2】と名付けよう」

「グルゥ！」

我ながらネーミングセンスがないのが分かってはいるが、アスラが嬉しそうなのでいいか。

「じゃあ進もうか。次は成功するぞ」

「グルゥ！」

俺はドロップアイテムを回収してアスラと再び進み始めた。


しばらく進むとロックリザードが再び現れた。

それも今度は三体。

「グルゥ！」

だが、アスラはやる気だ。

もちろん俺だって引く気はない。

せっかくここまで来たのだ。頂上にいると思われるドラゴンに会うまで帰りたくはない。

やってやるぞ。二体だろうが三体だろうが問題ない。

今回は出来るはずだ。

「やろう、アスラ」

「グルゥ」

「頼んだ」

アスラが走りだすと、ロックリザードたちがアスラに気が付き睨みつけてくる。

それを見て俺はすぐに集中する。

感覚を研ぎ澄ませ、イメージしろ。

ロックリザードの周囲の空間の固定。今度はまとめずにそれぞれ分けて空間を固定する。

魔力を込めて。

「スペースロック!!」

三体のロックリザードの動きが止まる。

見た目じゃ分からないが、成功したはずだ。

次は個別の固定解除。

「グルゥ!」

アスラが右のロックリザードに攻撃する体勢になる。

今度こそ！

俺はアスラが攻撃するロックリザードの固定を解除しようとする。

次の瞬間——


ドゴッ！

アスラのアスラ・インパクトがロックリザードに決まり、ロックリザードは消えた。

「成功だ！」

今度は間違いなく一体だけの固定を解除出来た。

やっぱり個別の固定が正解だったんだ。

「グルゥ」

アスラは成功したのが当たり前のような様子で次のロックリザードに向かう。

そして今度も連携を成功させてロックリザードを倒す。

「ははは！」

ちょっと楽しくなってきた。

最後のロックリザードに向かってアスラがジャンプする。

アスラ・インパクト２だ！

俺がタイミングを合わせて魔法の解除！

ドゴォォォ！


アスラの攻撃は今回も綺麗に決まって、ロックリザードはドロップアイテムを残して消えた。

「よっしゃあ！」

嬉しさのあまりつい叫んでしまう。

「グルゥー」

そんな俺を見てアスラも嬉しそうに走り寄ってきて頭をスリスリ。

「ははは、やったな！」

「グルゥ！」

「もうロックリザードなんて敵じゃない」

まぁもともと苦戦してた訳ではないけど。アスラならひとりで倒せるだろうしな。

それでも嬉しいもんは嬉しい。アスラとの連携が決まる瞬間なんて最高だ！

「行こう、アスラ。ドラゴンに会いに」

「グルゥ！」

俺たちはいまだ見ぬドラゴンを求めて進む。

ロックリザードを倒しながら山を登り続けて、さらに二時間くらいが経過した。

そして俺とアスラは、ついに頂上付近の広い平らな場所に辿り着く。

「やっとここまで来たな」

「グルゥ」

「分かってる」

この場所に着いてすぐに、アスラが奥のほうを首で指し示す。

奥にある岩壁に巨大な穴が空いていた。

「洞窟か？」

その洞窟はとても目立っている。

しかし、日が当たっているにもかかわらず、何故か中は暗くなっていて、外からは中がどうなっているのかまったく分からない。

「あからさまにあの洞窟になにかがあるって感じだよなぁ」

「グルゥー」

アスラも同じ考えなのか頷く。

この広い場所には洞窟しかないし、行くしかないか。

「アスラ、あの洞窟に入ろう。気を付けてな」

「グルゥ」

俺とアスラは洞窟にゆっくりと近付いて、中を少し覗いてみる。

真っ暗でなにも見えない。

「やっぱり見えない。マジックランタンを使うか」

アイテムボックスからマジックランタンを取り出して明かりをつける。

すると、周囲が明るくなって洞窟の中も少し見えるようになったが、それでも暗い。

奥はまったく見えない。どうなっているんだ？

謎だが、進むしかない。

「入ろう」

「グルゥ」

俺たちは洞窟の中に足を踏み入れる。

ゆっくりと周囲を警戒しながら進むが、やっぱり視界が悪い。

一メートル先も見えない。

それでも俺とアスラは進み――


「壁か？」

目の前に、表面が赤くて少しゴツゴツしているが、岩とは違う独特の壁が現れる。

入り口は巨大だったのに奥行きはあまりないんだな。

でも、おかしい。この山頂付近にはこの洞窟くらいしかないのに、中になにもないなんてことはないはずだ。

もうちょっと辺りを調べてみたほうがいいか。

「もしかしてこの壁になにか秘密があったりしないかな？」

岩とは違う赤い独特な壁だし、なにか秘密があってもよさそうだ。

何処かにスイッチでもあって触ったら壁が開いたりしないか？

俺は壁に手を伸ばして――


「え？」

目の前の壁が触れてもいないのに突然開く。

そして中の『なにか』が動いた。

時間は数秒――その短い時間で動いたものがなにか理解した俺は……。

「アスラァ、外へ逃げろぉぉぉ!!」

力いっぱい叫ぶのと同時に、俺も動いたものに背を向けて逃げ出す。

早く外へ出なくてはッ！

あれは……あれは眼だ！

アスラよりも大きい巨大な眼だ！

それが俺を見た。

その瞬間、激しい悪感がして逃げなくてはいけないと思った。

背後で動くなにかを感じながら俺は外へ向かって走る。出口ではアスラが俺を待っていた。

「アスラ、逃げろ！」

「グルゥ！」

しかし、アスラは動かない。

俺を待っているのだ。

馬鹿野郎！

結局、アスラは俺を待って一緒に洞窟を走り出た。

「ハァハァ……」

ステータスが上がって身体能力も上がっているので、こんな短い距離を走って息が上がるはずはないのだが、自然と息が荒くなる。

「ハァハァ……ぐあっ！」

そのまま走って広場の中心に着いた俺は、足がもつれて転んでしまう。

「グルゥ！」

少し前を走っていたアスラが反転して俺のところに戻ってくる。

クソッ！　俺の馬鹿が！

どうしてこんなところで転ぶんだよ。アスラが戻ってきちゃったじゃないか。

「グルゥ！」

アスラは俺に背中を向け、洞窟側を向いて姿勢を低くしいつでも戦えるように身構える。

アスラは俺を守るために戦う気だ。あの巨大ななにかと。

「ハァハァ……覚悟、決めるか」

どうせアスラに逃げろって言っても俺を置いて逃げる訳がない。

なら俺も一緒に戦う。ひとりよりもふたりのほうが生き残れる確率が高いはずだ。

俺は体を起こして洞窟を見る。


ゴゴゴッ！


すると、洞窟から大きな音が聞こえてくる。

そして、俺が見た巨大な眼の正体が洞窟から姿を現した。

体長四十メートル、いや五十メートルを超えているかもしれない巨体に全身を覆う赤い鱗。

頭部の二本の巨大な角に、俺が見た巨大な赤い眼。

大木のような四肢と背中からは飛膜の巨大な翼。

それに太い尻尾。

その生物は翼を広げて口を開く。

「ガァァァァァァァァァァァァァァァァァァァ！！！」

あまりの大音量に膝をつきそうになるが、踏ん張って耐える。

「マジかよ」

俺たちの前に姿を現したのは間違いなくドラゴンだった。

俺の求めていたドラゴンだ。

その姿を見て思いがこみ上げる。

アスラ以上の迫力、強者の風格。

俺は心の底から感動し喜びが溢れ出す。

しかし――


「あ、あれ？　おかしいな……どうして……どうして震えているんだろう」

俺が会いたかったドラゴン。

感動して喜んでいるはずなのに体が震えだして止まらない。

必死に止めようとするが、駄目だ。

「誰だ？　儂の住処に土足で入ってきた者は」

震えていると、なんと赤いドラゴンが喋った。

その声は人間でいうと老人のような声であったが、力強いものだ。

そこで赤いドラゴンの頭上に名前やマーカーなどの表示が出ていることに気が付く。

マーカーは赤。だが、ほとんど【？・？・？】としか表示されていない。

ただひとつ、名前だけは表示されていた。

「……エルダー・ファイアードラゴン【ヨエム】」

「ほう」

赤いドラゴンが俺を見て目を細める。

「いかにも、儂はエルダー・ファイアードラゴンのヨエム。お主たちは……弱きヒューマンに幼きドラゴンか。珍しいのぉ」

そう言ってすぐにヨエムは首を横に振る。

「いや、お主はヒューマンではないな。我らの血を引く者じゃな。これまた珍しい」

すぐにヨエムに俺の種族が見抜かれる。

次にヨエムはアスラに視線を移す。

「幼きドラゴンよ。お主がそこの男を守ろうとしているのは分かる。じゃがこうとも分かっているはずじゃ。お主では儂に手も足も出ないことがの。その証拠にお主の体は震えておるではないか。体は正直じゃな」

え？

いまも俺の前に立って俺を守ろうとしてくれているアスラを見る。

そこで初めて気が付いた。

アスラが震えている。いままでどんなモンスター相手でも、一歩も引かなかったあのアスラが！

ヨエムに恐怖を感じているんだ。あのアスラが！

それでも……それでも俺を守ろうと。

「ふーむ。いまならお主を同じドラゴンのよしみで見逃してやってもよい。どうじゃ？」

ヨエムにそう提案されたアスラ。それでもアスラは俺の前から動こうとはしない。

アスラ……お前は……。

お前はそこまでして俺を守ろうとしてくれるのか。

「……ッ！」

なにがドラゴン大好きだ。

なにが【ドラゴン狂い】だ。

いまの俺はただアスラの背で震えるだけ。

自分が情けない。

アスラを守りたい。アスラに守られるのではなく、俺が！

だから、俺は――


「……なんのつもりじゃ？　弱き者」

「へへっ」

俺はアスラの前に立っていた。

アスラを……守るために！

既に震えは止まった。もう……怖くはない。

「まさか幼きドラゴンを守っているつもりか？　お主が？」

「そうだ、悪いか？」

「……」

「これは所詮ゲームだ。俺が死んでもアスラが死んでも、また無事に街で会えるだろう。でも俺はさ、嫌なんだよ。俺の前で大切な者が死んでいくのを、ただ見ているってのは。こういうのはゲームでも現実でも変わらないいんだ。俺にとってアスラはただのデータじゃない！　だから俺は戦う！　結果は変わらないかもしれない。それでもアスラを先に死なせはしない！　そうなるくらいなら俺がお前に先に殺されてやる！　……お前には分からないかもしれないけどな」

こんなこと、ゲームのモンスターに言っても意味なんてないと思うけど。

まぁ、覚悟は決めた。あとは俺に出来ることをするのみ。

「……分かる」

「え？」

「儂にもよく分かる」

絶対に伝わらないと思っていた。

だからヨエムのその言葉に情けない声を返してしまう。

「死んでも少しの間会えないだけ。それでも主人を守りたい。大切な者を死なせたくはない。仮初めの世界でもいまはここが儂らの現実。それが当たり前じゃ」

「どうして……」

どうしてヨエムに……モンスターにそんなことが分かる⁉

何故、そんなことが言える⁉

何故、これがゲームだと理解している⁉

数多くの疑問が俺の頭に浮かぶ。

「だから、分かってるはずじゃ。いつまで主人の後ろで震えておるのじゃ。お主の想いはその程度なのか？」

次の瞬間、アスラが俺の前に立っていた。

もうアスラの震えは止まっている。

「ガァァァァ！」

アスラは吼える。自身を鼓舞するように。

「よくぞ吼えた。それでこそ誇り高きドラゴンじゃ。主人を守りたいのならば、力を見せよ。せめて儂に傷ひとつ、付けてみよ」

「ガァァァァァ！」

「アスラ！」

アスラはヨエムに向かって走りだした。

戦うつもりだ。アスラは主人である俺を守るために！

「ならば俺も！」

ヨエム相手になにが出来るか分からない。

死ぬかもしれない。

でも、俺も戦う！

すべてをアスラに任せて背を向けて逃げ出したりはしない！

守られているだけは嫌だ！

アスラの援護くらいはしたい！

俺もアスラに続いて走りだした。

アスラはヨエムの左前脚に突進して体当たりをする。しかし、ヨエムの脚はビクともしない。

アスラに向かってヨエムが右前脚で踏みつけようとする。

させないッ!!

「うおぉぉぉぉぉぉぉぉスペースウォールゥ!!」

全力で魔力を込めてヨエムの右前脚に壁を作る。

「アスラ！」


パリィィイン！


一瞬しか壁は持たなかったが、その一瞬でアスラはヨエムの左前脚から移動していた。

良かった！

次にアスラはヨエムの後ろに移動して尻尾に乗った。

「おお？」

そのままアスラはヨエムの尻尾を駆け上がる。

アスラはヨエムの体に乗る気だ。でも、このままではヨエムに振り落とされてしまう。

そうはさせない！

俺に出来ることをッ！

「スペースロック‼」

いままでの何倍もの魔力を込めてヨエムの尻尾を止めるイメージで魔法を発動する。

「ほぅ」

なんとかヨエムの尻尾の動きは止まった。


パリィィイン！


しかし、止まったのは数秒。でも、その数秒で十分だ。

「グルゥ！」

アスラは既にヨエムの体に乗っていた。信じられないような速さだ。

そのままアスラは走る！

目指すは――首か！

アスラはヨエムの首に思いっきり噛み付いた！

「痒いもんじゃ」

しかし、ヨエムにはまったくダメージが入った様子がない。

でも、アスラならいけるはずだ。

俺はアスラを信じている！

ならば俺が時間を稼ぐ！

俺は走りながらたった二回の魔法で空になったMPを回復するために、アイテムボックスからMP下級回復薬を二個取り出して飲んで、瓶を投げ捨てる。

「【龍化】！」

ヨエムの右前脚に辿り着いた俺は【龍化】を発動して、変化した右手を右前脚に叩き込むッ！

「ほっほっほ」

やっぱり効いている様子はないが、注意は少し引けている。

だが、足りない！

「おら！　攻撃してみろ！　怖いのか！」

「安い挑発じゃな」

MPが切れて【龍化】が解ける。

クソッ！

「ガァァァァァ！」

なんだ⁉

アスラになにかあったのか⁉

俺は少し下がって見上げるとアスラがヨエムの首に噛み付いたまま【アースブレス】を放っていた。

「アスラ！」

アスラはヨエムに噛み付いたまま、ゼロ距離で【アースブレス】を放ち続けているせいで、自身の【アースブレス】でダメージを受けてしまっている。とても辛そうにしているが、それでもヨエムの首から離れない。

「……」

何故かヨエムは黙ったまま動かない。

アスラのＨＰを確認すると、どんどんと削れていっている。

このままじゃまずい‼

「アスラ！　もういい！　離れろ！　死んでしまうぞ‼」

しかし、アスラはヨエムの首から口を離さないし【アースブレス】もやめない。

「もういい！　やめてくれ！　アスラァァァ‼」

「……ふん」

そこで黙って止まっていたヨエムが首を振る。それだけでアスラはヨエムから振り落とされて地面に転がった。

「アスラ‼」

すぐにアスラに走り寄る。

アスラのＨＰは回復していっているが、その姿はボロボロでダメージは酷いものだ。

「グルゥ……」

アスラは動けそうにない。

それでもアスラは俺を守ろうと動こうとする。

痛いほど主人である俺を守ろうと、立ち上がろうという想いが伝わってくる。

でも……。

「ありがとう、アスラ。でも、もういいんだ。お前はここで休んでいてくれ……あとは俺がやる」

俺はアスラの体を一度抱いてから、アスラの前に立つ。

「俺が相手だ」

再び覚悟を決めてアイテムボックスからＭＰ下級回復薬を取り出す。

「ほっほっほ。もう十分じゃよ」

しかし、ヨエムはそう言って笑った。


「え？」

「だからもう戦いは十分じゃ」

突然のヨエムのその言葉に俺は少し混乱する。どうして突然そんなことを言うのか分からない。

戦いは十分とは、もう戦わないということか？

「訳が分からないといった顔をしておるな」

「そりゃ……」

「簡単な話じゃ。儂は力を見せよと言った。そしてお主たちは儂に力を見せた。それだけじゃ」

「でも、俺たちはまだ……」

俺とアスラはヨエムになんのダメージも与えてはいない。

傷ひとつ付けていないのに力を見せたと言えるのか？

「ほっほっほ。よく見よ」

そう言ってヨエムは前脚の指で自分の首を指す。

そこはアスラが噛み付いていた場所だ。

「ここに小さな傷が付いておる」

「え？」

そうヨエムが言うが、俺には傷が付いているようには見えない。

本当に傷が付いているのか？

「お主の目では見えないじゃろう。それほど小さな傷じゃ。それでも傷は傷。お主たちは儂に傷を付けた。それで十分じゃろう」

「はぁ？　じゃあもう攻撃してこないのか？」

「そうじゃ。もう戦闘は終わり。安心せい」

それで……いいのか？

すっきりしないが、まぁ、ヨエムが納得して戦闘が終わるのならそれでいい。いまの状態のアスラには、これ以上の戦闘は無理だからな。休ませてあげたい。

「これで試練は終わった訳じゃ。いろいろと話したいことはあるんじゃが、その前にそこの幼きドラゴンのことじゃな」

「アスラの？」

「そうじゃ。儂との戦闘が終わったのじゃから、大量の経験を得たことだろう。……そろそろじゃ」

ヨエムがそう言った次の瞬間に俺の目の前に文字が表示される。

『アスラのレベルが上限に達しました。進化が可能です』

「なッ⁉」

レベル上限だと⁉

モンスターにはそれぞれ個々にレベルの上限があって、上限に達すると進化が可能になり、進化することによってモンスターはさまざま姿になって強力になる。

そして進化するとレベルの上限が上がって、再び上限に達すると進化すると聞いていたが……。

アスラは山に登るまではまだレベル90にもなっていなかったはず。もしかして100レベルがアスラの上限だったのか？

すぐにアスラのステータスを開く。

＝＝＝＝＝＝＝＝＝＝＝＝＝＝＝＝＝＝＝＝＝＝＝＝＝＝＝＝＝＝
○名前：アスラ
○種族：【アースドラゴン（ユニーク）ＬＶ２００ＭＡＸ】
○主：ドラゴン
○スキル：【アースブレスＬＶ67】【土魔法ＬＶ25】【母なる大地】
○ＨＰ：２６１２／２７１３０
○ＭＰ：２１９８／１９５２４
＝＝＝＝＝＝＝＝＝＝＝＝＝＝＝＝＝＝＝＝＝＝＝＝＝＝＝＝＝＝

「えええ⁉」

レベル２００⁉

嘘ぉ。だって昨日までレベル90前だったんだぞ？

今日でもしかしたら90になっていたかもしれないけど……ぇぇ……。

「そこの幼きドラゴンは進化出来るようになったじゃろ？」

「それはそうだけど」

「なんじゃ？　もしかして急な成長に驚いておるのか？」

「まぁ……」

「そんなことは後で説明してやる。それよりも早く進化させてあげなさい。進化すれば傷は癒えるはずじゃ」

　そうなのか⁉

『アスラを進化させますか？　y／n』

　俺は慌ててyを選択する。

「グルゥ」

　すると、アスラの姿が光りに包まれて変化していく。

「これが進化……」

　そして光りが弾けた。

「ガァァァァァ！」

　アスラが新しい姿で現れる。

　高さが三メートルくらいになって体が一回り大きくなり、四本の脚には盾のようなものが付いている。

　それに頭の横にも小さな盾が。

　そして、なによりも一番の変化が――

「凄い！」

その背中だろう。

アスラのなにもなかった背中には翼のように巨大な盾が二本生えている。

言葉で表すなら翼盾といった感じだ。見た感じ飛べそうな翼ではないが、防御には最高のものだろう。

進化したアスラは新しい自分の体を確かめるように翼盾を動かす。その可動域は広く前も横も後ろも守れるようだ。

「アスラ！」

俺はアスラに走り寄る。

すると、アスラが俺を見て嬉しそうな顔をするが、すぐにその表情は崩れる。

「どうした？」

「グルゥ（悲しい）」

「アスラ、お前、言葉が」

アスラの言っていることが前よりもハッキリ分かる！

これは嬉しい！

でも、いまはアスラの言っていることだ。

「どうして悲しいんだ？」

「グルゥー（体が大きくなって悲しい）」

「うん？」

「グルゥ……（もっと主人とスリスリしたかった）」

「え？　ははは！」

アスラの言いたいことが理解出来て笑ってしまう。

アスラは体が大きくなったことで、俺に頭を擦り寄せられなくなったと思って悲しんでいたんだ。

進化した喜びよりもそれか。アスラらしいな！

「大丈夫だよ、アスラ。まだスリスリくらい出来るさ。それにもし出来なくなっても、俺とアスラの関係が変わる訳ではないだろう？」

「グルゥ？（本当？）」

「ああ！　来い！」

俺は両手を広げてアスラを待つ。

すると、アスラは恐る恐る頭を俺の体に擦り寄せた。俺はアスラの頭を撫でてやる。

「グルゥ！（本当だ！）」

アスラは嬉しそうに鳴いた。

「そろそろいいかの？」

俺がアスラと触れ合っているとヨエムはそう聞いてくる。

「あ、ああ。アスラまた後でな」

「グルゥ（分かった）」

俺とアスラは体を離す。

「ほっほっほ。仲の良いことはいいことじゃ。幼きドラゴン……いや、試練を乗り越えたのじゃ。名前を教えてくれるかの？」

「グルゥ（アスラ）」

「そうか。アスラ、お主はシールド系のドラゴンに進化した。珍しい種族じゃ。お主のその姿はいまよりも主人を守りたいという強い想いが、数多の可能性の中から引き寄せたものじゃ。誇りに思うがいい」

「グルゥ（はい）」

アスラが俺を守りたいと願った結果の姿か。その気持ちは嬉しいな。

そこでヨエムが俺を見る。

「それでお主の名前も聞こうかの」

「ドラゴン……です」

「ほっほっほ。ストレートなよい名前じゃ。それにいまさら儂に敬語など使わなくてよい。儂のことをもヨエムと呼ぶがよい」

「分かった、ヨエム」

なんか一気に気のいいおじいちゃんみたいになったな。

「ドラゴンよ。進化したアスラのステータスを確認してみなさい」

俺はヨエムに言われた通りにアスラのステータスを開く。

＝＝＝＝＝＝＝＝＝＝＝＝＝＝＝＝＝＝＝＝＝＝＝＝＝＝＝＝＝＝＝
○名前：アスラ
○種族：【シールド・アースドラゴン（ユニーク）ＬＶ２００】
○主：ドラゴン
○スキル：【アースブレスＬＶ７２】【土魔法ＬＶ４０】【母なる大地】【土耐性ＬＶ２０】【盾術ＬＶ２０】【鉄壁】
○ＨＰ：３８１３０／３８１３０
○ＭＰ：２２５２４／２２５２４
＝＝＝＝＝＝＝＝＝＝＝＝＝＝＝＝＝＝＝＝＝＝＝＝＝＝＝＝＝＝＝

種族はシールド・アースドラゴンか。

ＭＡＸの表示はなくなっている。レベルの上限が上がっているな。

スキルも三つ増えている。【土耐性】はロックリザードと同じで土属性に対する耐性だろう。

【盾術】は盾を上手く扱えるようになるスキルだ。いまのアスラには大きな翼盾があるから必要だな。

【鉄壁】っていうスキルは知らない。名前からして防御力が上がるスキルか？

それとＨＰが３８０００にもなっている。もうすぐ４００００だ。

上がり過ぎだろ。ヤバイな。

「ステータスは確認出来たかの？」

「ああ」

「分からないスキルがあったら聞きなさい」

「えっと、じゃあ【鉄壁】っていうスキルが」

「【鉄壁】か。【鉄壁】はＨＰと防御力を大幅に上げるスキルじゃ。アスラに合ったよいスキルじゃの」

おお！　防御力だけじゃなくＨＰも上がるのか。

「ありがとう」

「なあに。これくらい構わんよ」

ヨエムは満足そうな笑顔だ。

なんでそんな笑顔なんだよ。

「ドラゴン、お主自身のステータスも確認しておきなさい」

「ああ」


＝＝＝＝＝＝＝＝＝＝＝＝＝＝＝＝＝＝＝＝
○名前：ドラゴン
○種族：【ドラゴニュートＬＶ３４１】
○職業：【ドラゴンテイマーＬＶ２７６】【時空間魔法使いＬＶ１４２】

○スキル：【龍化ＬＶ40】【テイムＬＶ100ＭＡＸ】【時空間魔法ＬＶ89】
○モンスター１／５：【アスラ】
○称号：【ドラゴン狂い】【第一の試練を越えし者】
○ＨＰ：13821／17311
○ＭＰ：22612／24782
＝＝＝＝＝＝＝＝＝＝＝＝＝＝＝＝＝＝＝＝＝＝＝＝＝＝＝

いやぁ……えぇ？

種族レベル341？

なんで？

テイムスキルなんてＭＡＸになってるし。

ＨＰとＭＰも伸び過ぎ！

ドラゴニュートだからＨＰはよく伸びるし、ドラゴンテイマーと時空間魔法使いはＭＰがよく伸びるのは分かる。

でも、17000と24000って。

それになんか【第一の試練を越えし者】とかいう新しい称号を手に入れてるし。

そういえば称号は詳細が見られるんだったな。

見てみよう。

【第一の試練を越えし者】

第一のドラゴンの試練を乗り越えた者に与えられる。

第二のドラゴンの試練を受ける資格を得る。


この称号には能力ボーナスとかないみたいだが、なんか第二の試練が受けられるらしい。

なにそれ？

「ステータスの確認は出来たかの？」

「まぁ……」

「ほっほっほ。どうやら急激なレベルアップに困惑しているようじゃの」

「上がり過ぎでは？」

「なら説明しておこうかの。何故急激にレベルが上がったのか？　それは儂との戦闘で生きて戦闘を終えたからじゃ」

そりゃ原因はヨエムとの戦闘だろうけども。

「よいか？　簡単な話じゃ。儂はお主たちが想像出来ないほどの高いレベルなのじゃ。本来は生き残る可能性など少しもない。ただ、今回は試練ということで儂は本気を出す気はなかった。そして儂に小さくも傷を付けた。その結果、あり得ないほどの経験を得たということじゃな」

「はぁ？」

「それにはお主たちが受けた試練は〝本来〟もっとお主たちが成長してから受けるものじゃ。それなのにお主たちは驚くほど弱い。しかし、試練を受ける資格を持っていたのでこうなったんじゃな」

つまりはここに来るのはもっとレベルが上がってからだし、来ても普通のプレイヤーはヨエムに殺される。

なのに、俺とアスラは物凄い低レベルでヨエムのところに偶然来てしまって、しかも資格を持っていたからヨエムは手加減し、アスラが傷を付け、戦闘で生き残り、大量の経験値を得たと。

マジか。

「ほっほっほ。だから儂はお主たちを弱き者、幼きドラゴンと呼んだのじゃ」

戦闘して生き残るだけでこんなにレベルが上がるって……ヨエムって一体どんだけレベルが高いんだよ。

「はぁ……」

「儂と少しでもやり合ってＨＰを１でも削りたいのなら、種族レベル１０００でも足りないな」

そりゃレベル上がるわ。

……ん？

「でも、アスラはヨエムに傷を付けたんだよな」

「そうじゃ。儂も驚いたわ。まさか儂に傷を付けるとはな。驚くべき可能性じゃ」

「そりゃ、ウチのアスラは強いからな！」

そう言われると、気分がいい。アスラが誇らしいな。

「ほっほっほ。そうじゃな。しかし、儂の言っているのはアスラのことだけではない。お主のこともじゃ」

「え？」

俺のこと？　なにかあったか？

「お主は儂の動きを一瞬でも止めた。本来お主の力量じゃ無理じゃ。それを出来たのはお主がアスラを強く想っていたからじゃろう」

「俺が？」

「そうじゃ。ドラゴンよ。お主はアスラの良き主人じゃ。誇ってよい」

確かにいま考えればヨエムの動きを止めるなんて俺には無理だろう。

無我夢中でやったから俺にはよく分からないけど、ヨエムがそう言うなら、俺はアスラのために頑張れたんだな。それは……嬉しい。

「そういえば、お主たちは何故ここに来たのじゃ？　まさか本気で試練を受けに来た訳ではないじゃろう？」

「それは……えーっと、この山にドラゴンがいるって聞いたから」

「うん？」

「……ヨエムに会いに来たんだよ！」

「……ほっほっほ！　やはりお主はドラゴンテイマーじゃのう！」

あれ？

俺ってヨエムにドラゴンテイマーだってこと言ってないよな？

「どういうことだ？」

「ほっほっほ。さて、そろそろ試練のことを話そうかの」

ヨエムは嬉しそうに笑う。

次の瞬間――

《特殊職業クエスト【選ばれし者・ドラゴンテイマー】が発生しました》

「え？」

そう目の前に表示されアナウンスが聞こえた。

特殊職業クエスト【選ばれし者・ドラゴンテイマー】？

一体なんだそれは？

聞いたことがない。職業クエストっていうんだから、職業の探求？　探索とか……まぁゲームでは一般的なクエストの意味なんだろうけど。

ドラゴンテイマー専用の特別なクエストなのか？

「儂の考えている通りなら、お主にクエストが発生したはずじゃ」

「確かに特殊職業クエストっていうのが発生したけど」

どうしてヨエムが知っているんだ？

「それはよかった。そのクエストが、ドラゴンテイマーであるお主の試練でもある」

なんだって？

「待ってくれ。さっきからヨエムが言っていた試練っていうのはドラゴンテイマーに関してのものなのか？」

「ほっほっほ。他になにがあるというのじゃ」

確かにそうだ。

ドラゴンに関係ある試練なんて、俺関係じゃ、ドラゴンテイマーかアスラのことしかない。

他にも聞きたいことがある。

ヨエムは何故、俺がドラゴンテイマーだと知っているのか？

それにヨエムはまるでこのゲームの世界のシステムを知っているかのような……。

「ヨエムは何故ドラゴンテイマーのことを知っている？　それにクエストなどのこのゲームのシステムについてもだ」

「そう答えを急ぐな。ちゃんと説明はしてやる」

説明されるならいいが、もどかしいな。

「まずは試練のことじゃな。ドラゴンテイマーは、ある一定のレベルまで成長すると成長が止まる」

「成長が止まる？」

「そうじゃ。お主にはレベル上限と言ったほうが分かりやすいかの」

なるほど。ドラゴンテイマーのレベル上限か。

「そこからさらに成長するためには、試練という名のクエストを乗り越えなければならない。クエストをクリアすればドラゴンテイマーは成長し、より強力な職業となるじゃろう。それが試練じゃ」

そういうことか。試練、つまりさっきの特殊職業クエストっていうのは、ドラゴンテイマーがランクアップするためのクエストなんだ。

でも、それならおかしくないか？

「それじゃ俺がその試練を受けるのはおかしくないか？　だって俺はまだ上限まで成長していないぞ」

「ほっほっほ。だから言ったじゃろ？　お主たちは弱い。本来は儂とやり合えるレベルになってからここに来るのじゃ」

はぁー、なるほどな。そりゃここに来るのは早すぎるわな。俺なんてまだレベル80くらいだったし。

「まぁいまのお主たちでも、受けられないことはないからこの状況になったのじゃ。クエストの発生条件は、儂の試練を乗り越えて説明を少しでも受けることじゃからな。他にも条件はあるのじゃが、いまはいいじゃろ」

「はぁ」

つまりヨエムが試練の説明を始めることが、特殊職業クエストの発生条件だったということか。

「それで肝心の試練の内容じゃが、そう複雑なものではない」

「そうなのか？」

意外だ。俺のイメージでは複雑で難しいって感じなんだが。

「だからと言って簡単ではないんじゃが」

なんだよ！

結局難しいのか。

「内容は儂以外の特別なドラゴンに会って試練を受けることじゃ」

「特別なドラゴン？」

なんだそのドキドキワクワクするワードは。メチャクチャ気になる。

「この世界にはワールド・ドラゴンと呼ばれるドラゴンが十五体存在する」

「ワールド・ドラゴン……」

これまた初めて聞く名だ。名前からして特別って感じだな。

「ワールド・ドラゴンはそれぞれが世界を破壊出来るほどの力を持つドラゴンたちじゃ」

「世界を破壊出来る……一体どんなドラゴンが？」

「ほっほっほ。あまり教えてもいけないんじゃが、そうじゃな……たとえば儂の何倍もの大きな体を持つドラゴンがおったりするな」

「ヨエムの何倍も」

おいおい。ヨエムの何倍も大きいって、一体どんなドラゴンなんだよ。

超気になる。会ってみたい。

「ワールド・ドラゴンは何処にいるんだ？」

「世界中の何処かにいるワールド・ドラゴンを見つけて試練を受けるのが、お主の試練じゃ」

そういうことか。自分で見つけなくちゃいけないんだな。

「そうか……会ってみたかったんだけどな」

「なにを言っておる。ワールド・ドラゴンなら目の前に一体おるじゃろ？」

「え？」

それって……もしかして！

「ヨエムが？」

「ほっほっほ。そうじゃ。儂がワールド・ドラゴンの一体。エルダー・ファイアードラゴンのヨエムじゃ」

「マジ？」

「マジじゃ」

はぁー。まさか目の前にいるとはなぁ。

「じゃあヨエムは世界を破壊出来るのか」

「もちろんやろうと思えば出来るが、そんなことはせんよ。理由がないからの」

「確かに」

俺もＲＤＷが破壊されたら困る。

「それに儂にとってこの世界は大事な場所じゃ」

そう言ったヨエムはなにかを懐かしんでいるような感じだった。

「まぁ試練というかクエストは分かった。俺が世界中を回ってワールド・ドラゴンを探し出して試練を受ければいいんだな？」

「そうじゃ。でも、いまのお主は急ぐ必要もないじゃろ。まだ成長途中なんじゃし」

確かにそうだな。それに試練を乗り越えるにも力が足りないだろう。

「しかし、なんでドラゴンテイマーにこんなクエストがあるんだ？」

「それはワールド・ジョブに関係しているからじゃ」

「ワールド・ジョブ？」

またワールド系か。多いな。

「お主なにも知らんのじゃな」

「まだゲーム始めたばかりだから仕方がないだろ」

「そういえば、そうじゃったな」

こう言って伝わるヨエムがおかしいよな。

「ワールド・ジョブというのは、この世界の創造に関わったとされる五つの職業のことじゃ。そのワールド・ジョブのひとつが、ドラゴンテイマーの上位職なんじゃよ」

「なるほど」

だから特別なクエストが用意されているんだな。

でも、それって――


「もしかして他の職業にも特殊職業クエストが存在する？」

「そうじゃ。五つのワールド・ジョブに少しでも関係する職業にはクエストが発生する。ただし、ひとつのワールド・ジョブになれるのはひとりだけじゃ」

「ドラゴンテイマーが特別な訳ではないのか」

「いや、ドラゴンテイマーは職業の中でもかなり特別な職業、ユニーク職業じゃ」

どういうことだ？

「ドラゴンテイマーというのは、儂らドラゴンにとって特別な意味を持つ。ドラゴンテイマーというだけでドラゴンから一目置かれるじゃろう。そんな職業が特別でない訳がない。ドラゴンテイマーはお主ひとりだけじゃろう」

まったく知らないんだけど。ドラゴンテイマーってそんなに重要な感じなのか？

ドラゴンにとって特別なのは嬉しいけども。

「ドラゴンテイマーというのは、なろうと思ってなれる職業ではない。世界に選ばれて初めてドラゴンテイマーとなるのじゃ」

「いや、でも俺はキャラメイクで何度もやり直して引き当てただけだぞ？」

「ほっほっほ。お主がそう思っているだけじゃ。お主が選んだのではなく、選ばれたのじゃ」

よく分からない。そういう設定ってことなのかね？

「ほっほっほ。まぁ、いまは分からなくてもよい。頭の片隅にでも入れておくとよい」

「はぁ」

ヨエムがそう言うならそうするか。

「それで儂が何故お主がドラゴンテイマーだと知っていたか、じゃが……理由は簡単じゃ。知っていたのではなく気が付いたのじゃ。お主とアスラを見てな」

「俺とアスラを？」

俺はアスラは見る。

「グルゥ？（なに？）」

いままで黙っていたアスラが首を傾げてそう言う。

可愛い。

「ほっほっほ。やはり仲のよいパートナーじゃ。それでこそドラゴンテイマー。だからこそ儂は気が付いたのじゃ」

「俺とアスラの仲の良さで？」

「一目見て分かるわ。儂もかつては、ドラゴンテイマーの使役するドラゴンじゃったからの」

「え？」

ヨエムがドラゴンテイマーの使役するモンスターだった？

「まぁ少し違う。正確に言うと、ドラゴンテイマーの上位職のワールド・ジョブだった者のドラゴンじゃったな」

ヨエムが使役モンスターだった？　これほど強力な力を持つヨエムが？

信じられないな。それに疑問もある。

「ちょっと待ってくれ。それはいつの話だ？」

「さぁて、もう何千年以上昔の話じゃったかな」

「それはおかしくないか？　だって、このゲームは始まったばかりだぞ」

「ほっほっほ。お主はこの世界がゲーム開始の少し前に急に出来たと思っておるのか？」

流石に急に出来たとは思ってないが、それでも二、三年前くらいだと思うんだけど。

「先ほども言ったが、この世界の創造に関わったワールド・ジョブの者たち。その者たちがいたのが一万年前じゃ。つまりこの世界は一万年以上続いておる」

「そんな馬鹿な。それはそういう設定なんだろ？」

「ほっほっほ。それはどうじゃろうな？」

ヨエムは笑ってそう言う。

「まぁ、いずれお主にも分かるじゃろ」

どうやらこのことについて、これ以上は話す気はないようだ。

仕方がない。じゃあ他のことを聞こう。

「でも、ヨエムは何故ゲームについてそんなに詳しいんだ？」

「それは儂がワールド・ドラゴンだからじゃな」

ワールド・ドラゴン。

十五体の世界を破壊出来るほどの強大な力を持つドラゴンたち。

「ワールド・ドラゴンには世界の均衡を保つという役目がある」

「世界の均衡」

「その役目のせいか分からんが、儂らには世界の大まかな動きを把握することが出来る」

「世界の動き？」

「そうじゃ。たとえば世界のシステムが変わったときや、プレイヤーがこの世界に現れたときとかな。まぁ流石にプレイヤーひとりひとりの動きは分からんが」

なるほど。それでいろいろ詳しいのか。

「じゃあ運営がワールド・ドラゴンをそう設定したのか」

「いや、そうではない」

どういうことだ？

「儂らワールド・ドラゴンは、かつての主人に命じられて動いておる」

「ヨエムの主人ってことはドラゴンテイマーの上位職の？」

「そうじゃ。儂らはずっと主人の命令を守っておる」

うん？　さっきから気になっていたけど、儂らってことは……。

「もしかして、ワールド・ドラゴンって、全員がその主人の使役するドラゴンだったのか？」

「そういうことじゃ。儂らワールド・ドラゴンは同じ主人の下におった者たちじゃ」

ドラゴンテイマーの上位職、凄いな。ヨエムみたいなドラゴンだけで驚きなのに、強大な力を持つドラゴンを他に十四体も従えていたなんて。

　俺なんてまだ最大でも五体しか連れて歩けないのに。

「昔、儂らワールド・ドラゴンは皆兄妹みたいなものじゃった」

「兄妹？」

「そうじゃ。儂らは主人の下で力を合わせ敵を蹴散らしもすれば、逆に喧嘩もした。仲が悪かったり良かったりと、本当の兄妹のように過ごした」

「そうなのか」

「目を閉じれば今でも思い出せる。地を海を空を駆け、世界中を主人と兄妹たちと回った、あの陽だまりのような日々」

　ヨエムは目を閉じて上を向く。

「……大切……だったんだ」

「……そうじゃ。大切な日々じゃった。儂らはいまでこそ強大な力を持つが、元はただの弱く幼いドラゴン。主人の下に集まり長く生活を共にした結果こうなった。強くなるまでは兄妹で身を寄せ合って震えたり、主人に守られ後ろで戦いを見ていたりしたんじゃ。最初はさまざまなことが怖かったが、主人を守るため、兄妹を守るために努力した。出来るならばまた……」

　ヨエムの目尻から水滴が流れて地面に落ちる。

　ヨエムが泣いている？

「少し思い出すとこれじゃ。年を取ると涙脆くなってかなわんのぉ」

そこまで大切な思い出。いいなぁ、そういうの。

俺も、アスラやこれから仲間になってくれるドラゴンと、世界中を回って笑い合いたい。

そして思い返して泣ける。そんな思い出を作りたいな。

「いまは他のワールド・ドラゴンとは会ってないのか？」

「主人が儂らに最後の命令をして亡くなってからは、皆、命令を守るために別れたのじゃ。儂らの力は強過ぎるために一ケ所に集まるのは危険じゃからな」

「そうなのか……その最後の命令っていうのが世界の均衡を保つことか」

「それもそうじゃが、それだけではない」

なに？　他にもあるのか？

「命令はあとふたつあった。それは主人の後継者になれる可能性のある者に試練を与えろというものじゃ」

なるほど。それで俺に試練なんてものを受けさせたのか。

「もうひとつは、まだお主には話せない」

「何故？」

「まだ早い。話せるときはお主が強力なドラゴンを従え、お主自身が強くなったとき……じゃろうな」

ヨエムは目を閉じ、なにかを考えるようにそう言った。

よく分からないが、ヨエムがまだ話せないと判断するなら仕方がないか。話す気もなさそうだし。

アスラは強いと思うが、ヨエムに比べればまだまだだしな。

「まぁ、そういう訳で、儂が他のワールド・ドラゴンと会うことは滅多にない」

「そうなのか」

「じゃが、中にはなにも考えずに動く馬鹿な奴も、勝手な考えで動く者もおる」

ワールド・ドラゴンなのに馬鹿なドラゴンもいるのか。

「お主も他のワールド・ドラゴンに会うときは注意することじゃな。儂のように優しい者や理解がある者は少ないからの」

「そ、そうか」

ヨエムだって結構厳しい試練を与えてきたと思うんだけど。

まぁ、手加減はしてくれたようだが。

「さて、これで儂の話は大体終わりじゃ。他になにか聞きたいことでもあるかの？」

なにかあるかな？　大体聞けたと思う。

「いや、大丈夫だ。結局、俺はアスラと共に他のワールド・ドラゴンを探せ、ということだろ」

「そうじゃが、試練を受けるのはお主がもっと強くなってからじゃぞ？」

「分かってる。いまの俺とアスラじゃヨエムに傷を付けることも出来ないしな」

「ほっほっほ。じゃから小さい傷が付いていると言っておるじゃろ」

見えないほど小さいものを傷と言っていいのか？

「まぁアスラとなら強くなれるさ」

「グルゥ！（その通り！）」

アスラが俺を見て力強く頷いてくれる。

頼もしいな。

「じゃあそろそろ俺たちは行くよ」

「ほっほっほ。まぁ、待ちなさい」

「え？」

帰ろうとすると何故かそこでヨエムが俺たちを止めた。


山からの帰り道、辺りが暗くなってくる。

そのくらいでウスルの街が見えてきた。

「ヘスティア。あれがウスルっていう人間が住んでいる街だ」

ウスルを指差して教えてあげるとアスラの頭の上でヘスティアは興奮した様子で街を見る。

【ヘスティア】。

それは俺がヨエムから託された新たな仲間。

蒼い宝石のような美しい鱗が特徴的な全長四十か五十センチくらいの可愛らしいドラゴンだ。

種族はサファイアードラゴンというとても珍しいドラゴンらしい。

「街ではたくさんの人間がいたりいろんな場所があったりするけど、誰かを攻撃したり、知らない人に付いて行ったり、勝手にひとりで行動したりしたら駄目だからな。あ、もちろんヘスティアに悪いことをした奴がいたら攻撃して良し。俺が許す」

「がう！」

ヘスティアは頷いた。

分かったらしい……多分。

本当は〝ヘスティアが攻撃したら大変なことになる〟から、やめた方がいいんだろうけど、ヘスティアはドラゴンだし、その見た目から誰かに狙われる可能性がある。

だから攻撃を禁止はしない。もちろん一番いいのは、俺かアスラがヘスティアの傍にいてやって注意することだ。

そう思いながら俺たちはウスルの門に辿り着く。

門付近にいた数人のＮＰＣたちがアスラとヘスティアを驚きの目で見る。

そういえば、アスラは進化して見た目が変わったから、前の姿を知っている人も驚くか。

「がう？」

「ヘスティアのことが可愛くてみんな驚いているんだよ」

「がう！」

そんなことを話しながら門を抜けるが、特に止められることもなかった。

俺としては楽だしゲームとしては普通だけど、この街大丈夫か？

まぁいいか。

さて、どうしようかな。

〝ヨエムから貰ったアイテム〟のことについてゴラさんたちに話すか。それともログアウトするか。

「うーん」

「グルゥ（主人）」

考えているとアスラに声を掛けられる。

「どうした……って、なるほど」

アスラの頭の上でヘスティアがうつらうつらとしている。

「眠くなっちゃったか」

いろいろあったから疲れちゃったんだろう。

「ヘスティアを貸してくれ」

「グルゥ（うん）」

アスラが頭を下げてくれたので、俺はヘスティアを抱っこする。

「ヘスティア、大丈夫か？」

「が……う」

こりゃ駄目そうだな。

ヘスティアは動けそうにないし、ログアウトするか。運営も余裕を持ってログアウトしてくれって〝アレ〟に書いてあったしな。

「アスラ、悪いけどログアウトするよ」

「グルゥ（分かった）」

ログアウトしようと考えてヘスティアを見る。

「あーヘスティアをどうしようか」

「グルゥ（主人、ここに）」

アスラは翼盾を動かして水平にした。

そんなことも出来るのか、凄いな。

「悪いな」

俺はヘスティアをアスラの翼盾の上に寝かせる。

「じゃあ俺はログアウトするよ」

「グルゥ……（うん……）」

やっぱりアスラは寂しそうだ。

俺だって寂しい。

「メンテナンスが終わったらすぐに来るからな」

「グルゥ（待ってる）」

「ログアウト」

俺はアスラを撫でてからログアウトした。

首都バリエから南の街【ヤート】。

その街の宿。そこでわたしは報告をしていた。

「……ドラゴンというプレイヤーに、アスラという緑のドラゴンか。なるほど、お前の報告が確かなら……おそらく北のフィールドを攻略したのは、そいつらだろう」

目の前の男。わたしのボスは顔を歪めながら忌々しげにそう言った。

「ふんっ。どうやったのかは知らないが、放ってはおけんな」

どうやらボスにとって今回の件はとても重要なことのようだ。わたしにとっては……どうでもいい。

「お前は引き続き俺の指示通り動け。追加の指示は追って出す。行け……システィナ」

狂章　受付嬢

「今日も平和だなぁ」

私はいつものように冒険者ギルドのカウンターで黄色い髪を弄りながら呟きました。

「おはよう、【雷槍】。なにかいい依頼ないか？」

そういってカウンターの向こうに体格の良い冒険者さんがやって来ました。

えっと……この人は……名前なんだっけ？　ま、いっか。

「雷槍はやめてくださいって。私はただの受付嬢なんですから」

そう、私は女性では見目麗しくないとなれないといわれてる冒険者ギルドの受付嬢です。なのでモテモテなんです。

だから雷槍なんていう変な名前で呼ばないでほしい。ほんとやめて。

何故か誰も私を本名で呼んでくれない。同僚もだ。いい加減にしろ。

「おいおい。アンタを雷槍以外で呼べるかよ」

「はぁー」

もう諦めるしかないんですかね。

仕方がないので私は雷槍と呼ばれつつ、今日も冒険者さんたちに依頼を紹介したりしてサポートします。

そうやって受付嬢としての仕事を頑張っていると……。

「うん？」

冒険者ギルドの扉の向こうから不思議な気配を感じました。

なんでしょうか？

不思議に思っていると扉が開きます。現れたのは見知らぬ男性と、緑のドラゴン⁉

思わず固まってしまいます。

「こんにちは」

「ド、ドラゴン⁉」

驚いていると、いつの間にかカウンターの前まで来ていました。

「このドラゴンは俺の使役モンスターなんで安心してください」

「なんだ、そうですか」

それなら安心ですね。

この男性――ドラゴンさんの話を聞いてみると、どうやらこの街周辺のフィールド情報が知りたいらしいです。その他にも北で目撃されたドラゴンの情報も知りたがっています。

なので私は丁寧に情報を説明しました。その後、ドラゴンさんはドロップアイテムを売却してゴラさんのお店に向かっていきます。しばらくして戻ってきたドラゴンさんは、私に雑貨屋の場所を聞いてまた去っていきました。忙しい人です。

「どうしますかね？」

ドラゴンを使役している見知らぬ冒険者。普段はギルドマスターに報告しなくてはいけないレベルなのですが……。

「まぁいいでしょう」

害はなさそうですし。それに面倒くさ……じゃなくてドラゴンさんも報告されないほうがいいでしょうから。

「こんにちは」

「こんにちは、ドラゴンさん。一昨日ぶりですね」

再び緑のドラゴンを連れて冒険者ギルドにやってきたドラゴンさん。

なんと彼はドラゴンが目撃された北の山に行ってきたようです。どうやらドラゴン目当てのよう。

物好きな人です。

そんなことよりも！　ドラゴンさんが空間魔法を使えることが判明しました！

思わず興奮してしまいました。私にとってはドラゴンより空間魔法の方が興味あります。

しかし、彼は空間魔法のことについてあまり知らないようです。

なるほど……おそらくドラゴンさんは【夢追い人】だ。だからこの世界についての知識があまりないのでしょうね。

その後はドロップアイテムの売却や回復薬を買って冒険者ギルドを去っていきました。

「雷槍、ギルドマスターがお呼びです」

同僚がそう私に伝えてきました。どうやら彼との会話を報告されたようです。面倒なことです。

私は冒険者ギルドの最上階にあるギルドマスターの部屋に行きます。そこで待っていたのは白髪交じりの髪を切り揃えた筋骨隆々のギルドマスター。

「俺がなにを言いたいのか分かっているよな？」

「嫌です」

開口一番そう言ってきました。まぁ私はそれなりに頭が良いので理解しています。なので……。

「駄目だ。すぐに報告しなかった罰だ。ドラゴンを使役している冒険者を追跡して害がないか調べろ」

「ないと思いますけど」

「や・れ！」

「はぁー」

「いますぐ帰って準備しろ。いいな、雷槍？」

どうやら逃れられないらしい。面倒です。

私は同僚をジト目で見つつ帰宅しました。

「私は平和な毎日が好きなんですけどねぇ」

ドラゴンさんはおそらく北の山に向かったでしょう。なら〝これ〟が必要ですね。

「はぁー」

私は今日何度目かのため息をつきながら、部屋の片隅にある黄色い槍を見ました。

特別ページ

ドラゴン狂いの課金テイマーさん キャラクターガイド

Illustration エシュアル

「RDWへログイン！」

ドラゴン

主人公。
黒髪で金色の瞳を持つドラゴニュート。
職業は「ドラゴンテイマー」「時空間魔法使い」。
「ドラゴン狂い」の称号を持つ。

現実世界では、子供の頃からVRMMOに憧れていた30歳すぎの男。
宝くじと株で莫大な財産を得て、『Real Different World』をとことんやり尽くすために会社を辞めた。

アスラ
アースドラゴン。
ドラゴンの使役モンスターで、ネームド＋ユニークモンスター。
緑と茶の体に鋭い爪と太い尻尾、緑色の瞳を持つ。

システィナ

ドラゴンが『Real Different World』で出会った、紫色の瞳に青いショートヘアの少女。

双剣使い。職業は隠密系……らしい。

ドラゴン好き。

「弱き者」

「なんのつもりじゃ？」

ヨエム
エルダー・ファイアードラゴン。

巨大な全身を赤い鱗が覆う。通常は四足歩行。背中には巨大な翼を持つ。

世界に15体存在するワールド・ドラゴンの1体。

ドラゴンがヨエムから託されたサファイアードラゴン。

蒼い宝石のような美しい鱗を持つ。

ヘスティア

「やっぱりおめえはそれを選んだか」

ゴラ
シュツル王国のウスルの街にある【ゴラの武具】を営む、腕の良い武具防具職人。ドワーフ。アラの夫。

「また来てくださいね」

アラ
ゴラの妻で、ともに【ゴラの武具】を営む。

武具防具職人のドワーフ。

杖や魔法関係を担当。

「御用でしょうか？」

現実世界で主人公が住む高級
マンションのコンシェル
ジュ。
主人公が住むフロアの担当。
黒髪でキリッとした美人。
大城さん

あとがき

このあとがきを読んでいる皆様、はじめまして。

作者のリブラプカです。

この度、【小説家になろう】というサイトで開催された【第六回ネット小説大賞】にて、この作品【ドラゴン狂いの課金テイマーさん】が受賞することが出来ました。

その結果、こうして書籍化することが出来た訳です。

ですが、こうやってあとがきを書いている今でも「本当に本になるのか？」という感じで半分くらいは夢なんじゃないかなぁと思ってたり……。

まぁこのあとがきが読まれているということは本当に本になっているのでしょう。

そして、このあとがきを目にしているということは、この小説を手に取っていただけているという訳で……ありがとうございます！

もし購入していただけたのであれば幸いです。

さて、あとがきなんて初めて書かせていただくので何を書いていいのかよく分かっていませんので、とりあえず何故この作品では【ドラゴン】と【課金】がテーマなのかを書かせてもらいます。

理由はいたってシンプル。このふたつが【好き】だからです。

では、何故好きなのか？　文字数が限られているので、今回はドラゴンについてのみ書きます。

自分は幼い頃、よく空を見ていました。青い晴空。曇り空。夜空。空が好きだったのでしょうね。

やがて、こう考えるようになりました。「空を自由に飛んでみたい」と。

そして空を自由に飛べる翼を持つ鳥に憧れて、今度は鳥が好きになりました。

それからしばらくの時間が経ったある日のこと。自分は母親に連れられてゲームセンターに行きました。

そこで出会ってしまったのです。ドラゴンが主役のアーケードゲームに。

そのアーケードゲームは様々なドラゴンを育成して戦わせるというゲーム。

ドラゴンたちは自分が憧れていた空を自由に飛べる翼を持ち、しかも強くてカッコ良くもあり可愛くもありました。

自分はその様々なドラゴンに一発で魅了されました。

それからドラゴンのことが好きになったのです。

もちろん、空を自由に飛べる翼がなくたってドラゴンなら大好き。

実際、この作品の本編に登場する主人公のモンスターである【アスラ】はアースドラゴンという空を自由に飛べる翼のないドラゴンですしね。

さて、そろそろ謝辞を。

この作品を選んでくださった新紀元社様。はじめての書籍化をサポートしてくれた担当編集者様。美しいイラストを描いてくださったエシュアル様。本当にありがとうございました。

リブラプカ

ドラゴン狂いの課金テイマーさん 1

2018年10月29日 初版発行

【著　　者】リブラプカ

【イラスト】エシュアル
【編集】株式会社 桜雲社／新紀元社編集部／弦巻由美子
【デザイン・DTP】株式会社明昌堂

【発行者】宮田一登志
【発行所】株式会社新紀元社
〒101-0054　東京都千代田区神田錦町 1-7　錦町一丁目ビル 2F
TEL 03-3219-0921 ／ FAX 03-3219-0922
http://www.shinkigensha.co.jp/
郵便振替　00110-4-27618

【印刷・製本】株式会社リーブルテック

ISBN978-4-7753-1619-1

※本書は、「小説家になろう」（http://syosetu.com/）に掲載されていたものを、改稿のうえ書籍化したものです。